• 衛斯理小說典藏版 56 •

# 新之又新的序言，最新的

衛斯理小說從第一次出版至今，歷時已近半世紀，總共出了多少正版，還能計得清，若是連盜版一起算，那就算找外星人來算，也算勿清楚哉！不知能不能也算世界紀錄。

算得清好，算勿清也好，能幾十年來不斷出新版，說明不斷有讀者加入，對作者來說，沒有更值得高興的事了，謝謝所有喜歡衛斯理的人，謝謝謝謝。

倪匡

二〇二〇年六月四日 香港

# 幾句話

寫了四十多年小說，論者將拙作分為三個時期：早、中、晚。在明窗出版的一批，屬於早期和中期的上半。三個時期的創作風格有相當程度的不同，所以風評不一。本人並無偏愛，但讀友對早期的作品，頗有好評，大抵是由於在早、中期作品之中，主要人物精力充沛，活力無窮，所以使故事曲折多變，小說也就格外吸引。明窗出版社此次重新出版這批作品，正好讓大家來證明這一點。

四十餘年來，新舊讀友不絕，若因此而能有新讀友，不亦快哉！

倪匡

二〇〇五年十一月六日

# 序言

在科幻小說的創作中，第一次接觸到「蠱」這個題材，就是本書兩篇故事之一的《蠱惑》。

《蠱惑》這個故事，在所有衛斯理故事中，相當奇特，苗族少女芭珠的葬禮上，衛斯理也不禁放聲大哭，可知當時的情景之動人。故事中對「蠱」的解釋，自然是想像出來的，事實上是不是這樣，無人可以斷定。而「蠱」卻又是一種事實的存在，大抵總有一天，可以有確實的答案，不必再靠設想的。

「蠱」和「降頭」不同，降頭的範圍更廣，甚至包括了法術、巫術等內容，而《蠱惑》這個故事，提及的只是各種各樣的蠱。

《再來一次》的設想，利用了生物進化過程中的一種「返祖現象」，而返祖竟然反到了幾億年之前，自然極其駭人。

這個故事，基本上是一個喜劇，生命已結束的老人得到了新的生命，儘管新生命的外形和原來大不相同，但畢竟是生命，生命，總比死亡好。

衛斯理（倪匡）

一九八六年十一月二日

# 目錄

蠱惑

# 目錄

# 蠱惑

# 第一部

# 闔家上下神態可疑

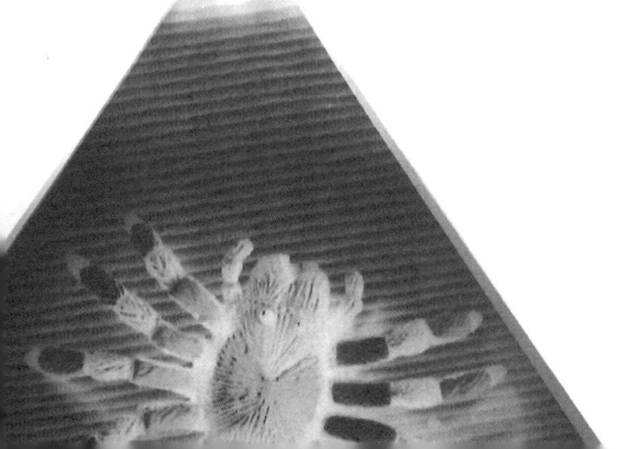

在未曾全部記述這件怪事之前，有幾點必須說明一下。第一、這不是近代發生的事，它發生到如今，已超過二十年。正因為已超過二十年，所以使我有勇氣將它記述出來，而不再使任何人因為我的舊事重提，而感到難過。

第二、我想記述這件事，是在這件事的發生之後，以及這件事的幾個意料不到的曲折，全都過去了之後決定的。也就是說，約在二十年前，我已決定記述這件事。所以，「蠱惑」這個名稱，早已定下。我的意思，是因為整件事和「蠱」是有關的，「蠱惑」表示「蠱的迷惑」，或是「蠱的誘惑」之意。

但是，在粵語的詞彙中，「蠱惑」這兩個字，卻另有一種意義，那是調皮、多計、善於欺騙等意思，那當然不是我的原意，而且，我也想不出還有什麼更比「蠱惑」更恰當的名詞，可以如此簡單明瞭地闡明這件事，是以早已定下的名稱，無意更改，但必須說明一下，這個篇名，和粵語詞彙中的「蠱惑」，全然無關。

事情開始在蘇州，早春。

天氣還十分冷，我從北方南來的火車愈是向南駛，就愈使人濃烈地感到春天的氣息，等到火車一渡過了長江，春天的氣息更濃了。

我是在江南長大，因為求學而到北方去，已有兩年未回江南，是以在火車過了江之後，感到一股莫名的喜悅，那種喜悅使得我坐不住，而在車廂之中，不住地走來走去，甚至好幾次打開車門，讓其實還很冷的春風，捲進車廂來。

那時，我還很年輕很年輕，我的這種動作，只不過是為了要發泄我自己心中喜悅，我並沒有考慮到會妨礙到別人。

當我第三次打開車廂的門時，我聽得車廂中，傳來了一陣劇烈的咳嗽聲，接着，一個人用一種十分怪異的聲音叫：「將門關上！」

我轉過身來，車廂中的人不多，我所乘搭的，是頭等車廂，連我在內，車廂中只有六個人。

那個正在咳嗽的，是一個老者，大約五十多歲，穿着一件皮袍，皮袍的袖子捲起，翻出上好的紫貂皮，他一面在咳嗽，一面身子在震動着，我還可以看到，他的手腕上，戴着好幾個玉鐲。其中有兩個是翠玉的，雖然我只是遠遠看去，但是我也可以肯定那是一等一的好翠玉，是極其罕見的東西。

從衣著、裝飾來看，這個人，一定是一個富翁。

但是，不知怎地，當時我一看到他，就覺得這人的神情，十分怪異，十分邪門。那實在是無法說得出來的，可以說只是一種直覺，但是卻已在我的心中，造成了一種根深柢固的印象。

在那老者的身邊，坐着一個二十多歲的年輕人，那年輕人正怒目望着我，剛才對我發出呼喝聲的，當然就是這年輕人。

我在向他們打量了一眼之後，因為其錯在我，是以我向他們抱歉地笑了一下：「對不起。」

那年輕人「哼」地一聲，轉過頭去，對那老者，講了幾句話。

本來，我對這一老一少道了歉，事情可以說完結了，我雖然感到這老者有一種說不出來的怪異之感，但我急於趕到蘇州去，參加我好友的婚禮，是以我也不會去深究他們的身分。

可是，一聽到那年輕人對那老者所講的幾句話，我不禁呆了一呆。

我在語言方面，有相當超人的天才，我那時已學會了好幾種外國語言，而對中國的方言，我更是可以通曉十之六七，所謂「通曉」，是我可以說，而我聽得懂的方言，自然更多！

但是，那年輕人所講的話，我可以清晰地聽到，但是我卻聽不懂他們在講些什麼。

他講的話，似乎不屬於任何中國方言的範疇，但是也絕不是蒙古話或西藏話——這兩種語言，我學得差不多了。

那究竟是什麼語言？這一老一少，是什麼地方的人？這一點引起了我的好奇心。

而我的好奇心在一開始的時候，還只是着眼於語言，我想如果我認識了他們，那麼，我就可以多學會一種語言了。

我心中感到驚訝，只不過是極短的時間，我既然已決定結識他們，是以我向他們走過去，在他們的對面，坐了下來，笑道：「真對不起！」

那老者已停止了咳嗽，只是以一種異樣的眼光望着我，看不出他對我是歡迎還是不歡迎，但是那年輕人，卻表示了強烈的反應。

「先生，」他說：「請你別坐在我的對面。」

年少氣盛，是每一個人都免不了的，我年紀輕，笑臉迎了上去，忽然碰了這樣一個釘子，當然覺得沉不住氣，我的笑容變得十分勉強了，我道：「我是來向你們道歉的，你不知道麼？」

「我說，先生，」那年輕人仍然堅持着：「別坐在我們的對面！」

我真的發怒了，霍地站了起來，實在想打人，但當我向車廂中別的旅客看去時，卻發現他們都以一種十分不以為然的眼光望着我。

這使我知道，是我的不對，不應該再鬧下去了，是以沒有再說什麼，當然也不曾出手打人，就那樣聳了聳肩，走了開去。

我特地在他們斜對面揀了一個位置，那樣，他們非但不能干涉我，我要觀察他們的行動，倒很方便。我既然覺得那老者十分怪異，便決定利用還有幾小時的旅程，來仔細觀察。

我坐下之後，頭靠在椅背上，閉起了眼睛，裝作假寐，但實際上，我的眼睛不是完全閉上，而是睜着一道縫，在監視着他們。

那一老一少兩人，一動不動地坐着，幾乎不講話，就算偶然交談幾句，我也沒有法子聽得他們在講些什麼話。

我注意了近半小時之後，只感到一點可疑之處，那便是一隻舊藤箱。

那時候，當然沒有玻璃纖維的旅行箱，但是大大小小的皮箱，還是有的。那老者的衣著裝飾，既然表示他是一個富有的人，那麼，這隻藤箱便顯得和他的身分，不怎麼相配了。

而且，這隻藤箱，已經十分殘舊，藤變得黃了，上面原來或者還有些紅色或藍色的花紋，但因為太過陳舊，也難以分辨得清楚。在藤箱的四角，都鑲着白銅，擦得晶光錚亮。

這證明這藤箱雖然舊，但是主人對它，十分寶愛。其實，從那老人的一隻手，一直放在藤箱上這一點上，也可以證明。

我足足注意了他們達一小時，沒有什麼發現，而我的眼睛因為長時間都保持着半開半閉，變得十分疼痛起來。

我索性閉上了眼睛，在火車有節奏的聲音中，我沉沉睡着了。

而當我醒來的時候，只聽得一片叫賣「肉骨頭」之聲，我知道車已到無錫了。我睜開眼睛來，那一老一少已不在我對面的座位上。我怔了一怔，連忙探頭向窗外看去，剛好來得及看到那一老一少兩人的背影，他們的步伐十分迅速，穿過了月台，消失在人叢中。

我感到十分遺憾，因為我連他們兩人，是什麼地方的人也未曾弄清楚！如果不是我的好友正在蘇州等我的話，我一定會追下去的。

火車停了很久才開，過望亭、過滸墅關，沒有多久，就可以看到北寺塔了。

蘇州是中國城市之中，很值得一提的城市！

蘇州的歷史久遠，可以上溯到兩千多年之前，它有着數不清的名勝古蹟，它的幽靜、雅致和寧謐，也很少有其他的城市，可與之比擬。

車未曾進站，我已提着皮箱，打開車門，走了出來，等到車子已進了站，還未全停，而速度不那麼快時，我就跳上了月台，我是第一個走出車站的搭客。

而一出車站，我就看到了一輛馬車。

那是一輛十分精緻的馬車，我對這輛馬車是十分熟悉的，這便是我的朋友，蘇州城中數一數二的大富豪，葉家大少爺的七輛馬車中的一輛。

而在馬車旁邊的車伕，我也是十分熟悉的，他叫老張，人人都那麼叫他，如果世上有沒有名字的人，那麼老張就是了。

我向前奔了幾步，揚手叫道：「老張！」

老張也看到了我，連忙向我迎了上來，伸手接過了我手中的皮箱，又向我恭恭敬敬地叫了一聲：「衛少爺。」

我道：「你們大少爺呢？在車中麼？」

我一面問，一面已揚聲叫了起來：「家祺，家祺，你躲在車中作什麼？」

老張聽到我大叫，忽然現出了一種手足無措的神態來，他慌慌張張地搖着手：「別叫，衛少爺，別叫！」

他的神態大異尋常，這令得我的心中，陡地起疑，我側頭向他望去：「為什麼別叫？」

老張乾笑着，道：「我們大少爺……有點事，他沒有來，就是我來接你。」

老張的話，的確是十分出乎我的意料之外的。我到蘇州來，葉家祺居然不到車站來接我，這實在是不能想像的一件事。因為我們是最好的朋友，在分別了兩年之後，應該早見一刻好一刻！

但是，我的心中，卻是一點也沒有不高興之感。因為老張既然説他有事，那他一定是有着十分重要的事情絆住了，所以不能來接我，他快要做新郎了，像他那樣的富家子，一個快要做新郎的人，格外來得忙些，那也是理所當然的事情！

是以我只是略呆了一呆，便道：「原來他沒有來，那你就載我回去吧。」

老張像是逃過了一場大難似地，鬆了一口氣：「是，衛少爺。」

我跳上了馬車，老張也爬上了車座，趕着車，向前駛了出去。

當時的蘇州當然有汽車，但是我卻特別喜歡馬車。我當然不會落伍到認為馬車比汽車更好。但是，我卻固執地認為，在蘇州的街道上，坐馬車是一種最值得記憶、懷念的享受。

葉家的大宅在黃鸝坊，從車站去相當遠，但是我東張張、西望望，卻一點也不覺得時間過得久，等到馬車停在大宅門口之際，我心中還嫌老張將車子趕得太快了。

車子才一停下，便有兩個男工迎了上來，我和葉家祺是中學的同學，每年寒暑假，我幾乎都要在他家住上些時，是以他家的上下人等，我都熟悉，那兩個男工同樣恭敬地叫着我，其中一個提着我箱子，另一個笑着道：「衛少爺，知道你要來，老太太一早就吩咐，替你收拾好房間了。」

聽到了這句話，我又呆了一呆。

因為我不在葉家住則已，只要在葉家住，我一定和葉家祺睡一間臥房，有時我們會通宵達旦地閒談，或者是半夜三更，一齊偷偷地爬起來，拿着電筒，去看他們一家人都確信不疑，言之鑿鑿的狐仙。而且，在他決定結婚之後，寫信給我，也就要我一定來參加他的婚禮，他希望在結婚之前的最後幾晚，再能和我詳談，因為婚後，他自然要陪伴新娘子，只怕不再有這樣的機會了。

可是，那男工卻說什麼「老太太已吩咐替我收拾房間」了，這算是什麼？老太太自然是指葉家祺的母親而言，她可以說是我所見過的老婦人中，最善解年輕人之意，而且最慈祥的一個，或許她認為那是對我一種應有的禮節吧！

我想到這裏，自以為找到了答案，是以我笑道：「不必另外收拾房間了，我自然和家祺住在一起，一直到新娘進門為止。」

那兩個男工一聽，臉上立時現出了一種十分尷尬的神色來。他們一起無可奈何也似地乾笑着，一個道：「衛少爺，這……這是老太太的吩咐，我們可不敢怠慢了……客人。」

我又是好氣，又是好笑，我叫着那男工的名字：「麻皮阿根，你是怎麼了？我什麼時候，成了你家的客人了，嗯？」

麻皮阿根十分尷尬地笑着，這時，我們已進了大門，只看到人來人往，婚禮的籌備很費事，是以宅中也有着一片忙亂的景象。

我還想問麻皮阿根老太太為什麼忽然要這樣吩咐，一個中年婦人已向我走了過來，她向我招着手，道：「衛家少爺，你過來。」

那婦人是葉家祺的四阿姨，我一直跟着葉家祺叫她的，是以我笑着走了過去，攤了攤手道：「四阿姨，我什麼時候，成了葉家的客人了？」

四阿姨笑了起來，但是我卻可以看出，她的笑容，實在十分勉強。

她道：「衛少爺，你當然不是客人，只不過你遠道而來，還是先去休息一下的好，來，跟我來。」

她叫我「衛少爺」，那絕不是表示生疏，蘇州人極客氣而講禮貌，葉家祺的母親，也叫我「衛少爺」的。這時，她不待我回答，已向前走去。

我已經覺得我這次來到葉家，似乎處處都有一種異樣之感，和我以前一到葉家，便如同到了自己家中一樣，大不相同。

我自己在問自己：那是為了什麼？

而且，我已經來到了葉家了，我卻甚至還未見到葉家祺，這小子，難道要做新郎了，就可以躲了起來，不見老朋友了麼？

我忍不住問道：「四阿姨，家祺呢？」

四阿姨的身子，忽然震了一震。

她是走在我的前面的，我當然看不到她臉上的神情，但是，我卻也可以揣想得到，她一定被我的話，嚇了老大一跳！

可是事實上，我問的話，一點也沒有什麼值得吃驚之處的，我只不過問她，家祺在什麼地方而已。

四阿姨未曾回答我，只是急步向前走去，我的心中，已然十分納罕，而一路之上，當我試圖向葉家的男女傭人打招呼，或是想向在葉家吃閒飯的窮親戚點頭之際，發現他們都似乎有意躲避我之際，我的納罕更甚了。

而我也立即感到，我似乎是一個不受歡迎的人！

如果不是我和葉家的感情，十分深厚的話，處在這樣令人不愉快的氣氛之中，我早已一走了之。但正因為我和葉家祺的交情，非同尋常，是以我只是納罕，只是覺得奇怪，並沒有走的意思。

四阿姨帶着我，穿過了許多房屋，又過了一扇月洞門，來到了一個十分精緻的院落中。

在那月洞門前，四個穿着號衣的男傭人垂手而立，而我被四阿姨帶到了這裏來，這不禁使我大是愕然，因為我知道，這裏是葉宅中，專招待貴賓的住所。

記得有一年的暑假，我和葉家祺曾偷偷地來到這個院落之中，看到一個形容古怪的老頭子，據說那老頭子，在前清當過尚書。又據說，當年五省聯軍的司令孫傳芳，也曾在這裏下過榻。

總之，這個院落中的住客，全是非富即貴，可以受到第一等待遇的貴賓。

如今，我被帶到這裏來，固然表示了主人對我的尊敬，但是以我和主人的交誼而論，我被當作貴賓安置，這不是有點不倫不類，而且近乎滑稽麼？

是以，我立時站定了腳步，想對四阿姨提出抗議，可是就在此際，一個少女自前面的走廊中，轉了出來，叫了我一聲：「斯理阿哥！」

我抬頭看去，不禁呆了一呆，那是一個十六七歲，十分美麗的少女，在我乍一見到她時，不禁陡地呆了一呆，但是我立即認出她來了，她是葉家祺的妹妹葉家敏，兩年前我北上求學的時候，她還小得不受我們的注意！

可是黃毛丫頭十八變，這句話真的一點不錯，兩年之後，她已亭亭玉立，使得人不敢再將她當作小孩子。看到了她，我像是一直在陰暗的天氣之中，忽然看到了陽光一樣，感到一陣舒暢。

我忙道：「小敏，原來是你，你竟長得那麼大，那麼漂亮！」

葉家敏急急地向我走來，當她來到我面前的時候，我才呆了一呆，因為她不但雙眼發紅，像是剛哭過，而且，臉上的神情，也是十分惶恐！

這種神情，出現在一個少女的臉上，已然十分可疑，更何況是出現在這個十足可以被稱為「天之嬌女」的葉家敏身上！

我實在不明白她會有什麼心事，以至要哭得雙眼紅腫！我自然而然地向前走去，可是就在這時候，卻聽得四阿姨高聲叫道：「小敏！」

小敏抬起頭來，臉上一副委屈的神情。

四阿姨不等我發出詫異的問題，便急急說道：「小敏，你真是愈大愈任性了，衛家少爺遠來，要休息休息，你來煩他作什麼？走，快去！」

據我所知，四阿姨是最疼愛小敏的。事實上，葉家上上下下，可以說沒有一個人不疼愛小敏的。

可是這時，四阿姨卻對小敏發出了責斥！而且，她責斥小敏的理由，是如此地牽強，幾乎不成其為理由！

我看到小敏的眼一紅，幾乎就要哭了出來，我忙道：「四阿姨，你怎麼啦！我雖然遠道前來，卻是坐火車來的，不是走路來的，小敏和我說幾句話，又有什麼不可以？小敏，來！」

我伸出手去，看小敏的樣子，也是準備伸出手來和我相握的，但是就在這時，四阿姨卻又發出了一聲吼叫！

四阿姨在我的印象中，一直是一個十分和藹可親的人，可是這時，我卻不得不用「吼叫」兩字，來形容她講話的神態。

因為她的確是在吼叫！

她大叫一聲：「小敏！」

隨着那一聲大叫，小敏的手，縮了回去，她的淚水已奪眶而出，她轉過身，急步奔了開去！

這種情景，不但使我感到驚詫、愕然，而且也使我十分尷尬和惱怒，我轉過身來，勉強笑，道：「四阿姨，我……想起來了，我看我還是先回上海去，等到家祺的好日子時再來，比較好些。」

我的話說得十分之委婉，那自然是由於我和葉家的關係十分深切之故。如果不是那樣，那麼我大可以說「你們這樣待我，當然是對我不歡迎，既然不歡迎，那麼我就告辭了！」

我當時，話一說完，就伸手去接麻皮阿根手中的皮箱，可是麻皮阿根閃了一閃，又不肯將皮箱給我，而四阿姨又聲音尖銳地叫我，道：「衛家少爺！」

我聽出四阿姨的聲音，十分異樣，我轉過頭去，卻發現她的雙眼，也已紅了起來。

我呆了一呆，再去看那兩個男工時，只見他們兩人的眼角，竟也十分潤濕！

我心中的驚疑，實是到了極點！

我不知道究竟是發生了什麼事，但是有一點，我卻可以肯定，那就是在葉家，絕不是正因為迎接一件大喜事而興高采烈，恰恰相反，他們一定為了一件極悲哀的事，而在暗中傷心！

他們是在為什麼事而傷心呢？為什麼他們都隱瞞着，不肯告訴我呢？

我攤了攤手，道：「好了，四阿姨，我才兩年沒有來，你們全當我是外人了，我真不想住了，除非你們對我說明發生了什麼事？」

四阿姨偏過頭去，強逼出一下笑聲來：「什麼事啊？你別亂猜，我們怎麼會將你當陌生客人，來來，你的房間快到了！」

她說着，急急地向前走去！

她這樣想騙過我，那實在是一件幼稚的事情，因為她一面向前走去，一面卻又忍不住用手巾抹着眼淚！我連忙轉頭向那兩個男工望去，那兩個男工也立時避開了我的視線。

我的心中，又是好氣，又是好笑，葉家上下人等，我實在太熟，如果那是一件人人都知道的秘密，我存心要探聽出來，實在太容易了。

所以這時，我也不再向四阿姨追問，我心想，我心中的疑問，只不過多存片刻而已，那又有什麼關係？

四阿姨將我帶到了他們為我準備的房間，那是一間既雅致又豪華的臥室，和臥室相連的是書房。書房之外，是一個小小的院子，在芭蕉和夾竹桃之間的，是奇形怪狀的太湖石，和一個金魚池。金魚池中，有兩對十分大的珠鱗絨球，正在緩緩游動。

四阿姨的眼淚已抹乾了，她道：「你看這裏還可以麼？要不要換一間？」

我忙道：「不必了，這裏很好，四阿姨，我可以問你一件事麼？」

四阿姨的神色，又變了一下，她道：「什麼事啊？」

我笑了起來：「四阿姨，我什麼時候，可以看到家祺？」

這實在是一句普通之極的話，我既然是家祺的好朋友，而且我遠道而來，就是應他之請而來的，我問問什麼時候可以見到他，那實在是平常之極，理所當然的事情。可是，四阿姨的身子，卻又震動了起來。

而如果是家祺發生了什麼事，他們竟然瞞着我的話，那實在是太豈有此理了，是以我忍不住大聲叫了起來：「家祺究竟怎麼了？他發生了什麼事？你們為什麼瞞着不告訴我？」

四阿姨像逃一樣地逃了出去，她全然不回答我的話，我一個箭步，竄向前去，本來，我是可以抓住四阿姨的，但那實在是太不禮貌了。是以，我竄向前去，一把抓住了麻皮阿根，大聲道：「阿根，你說不說？」

麻皮阿根急得雙手亂搖，張大了口，講不出話來。

我沉聲道：「你們大少爺怎麼了，你告訴我，不要緊的，你告訴我！」

麻皮阿根道：「大少爺……很好啊，他……快做新郎官了，他很好啊。」

第二部

# 大少爺身上發生了怪事

我冷笑一聲，道：「麻皮阿根，你想騙我麼？走，帶我去見你們的老太太！」

我一面說，一面推着他便向外走去，他可憐巴巴地望着我，也不敢掙扎，我們才走出了兩步，屋內的電話，忽然響了起來。

葉家是豪富，屋中幾乎每一個角落，都有電話。他們家中自己有總機，而且，還有和上海，以及各地別墅直通的對講電話。電話鈴一響，另一個男工，連忙走了過去，道：「是，是，衛家少爺剛到。」

他立時向我道：「衛家少爺，我們大少爺，他找你聽電話。」

那男工的話，令得我陡地一呆。

因為從種種迹象來看，像是葉家祺已然有了什麼意外！

可是，事情卻又顯然出於我的意料之外，因為正當我在向麻皮阿根逼問葉家祺遇到了什麼意外之際，葉家祺竟有電話來找我！

我呆了一呆，放開了麻皮阿根，走向前去，將電話抓了起來。

我才一將電話湊向耳邊，便聽得葉家祺的聲音，十分清楚地傳了過來：

「你來了麼？已經在我家中了麼？真好！真好！」

我又是好氣，又是好笑：「廢話，我不在你家中，怎能聽到你的電話？你在什麼地方？不在家中？你們家裏是怎麼一回事？竟替我準備了一間客房！」

葉家祺道：「我也不知道他們在鬧些什麼——」

他講到這裏，忽然頓了一頓，我連忙問道：「家祺，你在什麼地方？」

葉家祺這才道：「我在木瀆——」

他只講了四個字，又頓了一下。

我忙道：「你快做新郎了，不在家中，卻躲到木瀆去做什麼？太湖邊上的西北風味道好麼？你準備回來，還是怎樣？」

我知道葉家在木瀆，近太湖邊上，有一幢十分精緻的別墅，葉家祺既然說他在木瀆，那麼自然是在這所別墅之中。

可是，那所別墅一直只是避暑之所，現在天那麼冷，他卻躲在那別墅中，令人匪夷所思。他笑了一下：「你還是那麼心急，今天晚上，我來見你。」

他不等我回答，便掛上了電話。

當我轉過身來時，看到麻皮阿根和另一個男工，如釋重負似地望着我。

我已和葉家祺通過電話，那當然已證明葉家祺發生了什麼意外的假設，不能成立。但是，我心中的疑惑，卻也並未盡去。因為我這次來，葉家的人，行動、言詞，都令人生疑！

我向他們揮了揮手：「你們去吧！」

兩個男工連忙放下皮箱，急急地走了。

我在牀上躺下，閉上眼睛，仔細地想着我下火車以後，見到、聽到的一切，我首先肯定葉家並不是不歡迎我，但為什麼他們的言詞那樣閃爍？

莫非，將要舉行的婚禮，使人感到不太滿意？

然而，這也是不可能的事，女家也是蘇州城內財雄勢大的富豪。如果說，葉家祺本身不同意這件事，那更不可能的。

因為我最知道葉家祺的性格，沒有什麼人，可以強迫葉家祺做一件他所不願意做的事。

葉家祺的性子倔得可以，他那種硬脾氣，用蘇州話說，要「攞順毛」，你若是軟求，他什麼都肯，若是硬來，什麼都不幹。

我想來想去，想不出什麼道理，就信步向外走去，我才走出屋子，忽然看到屋角處，有一個人，正在向我招着手。

我定睛看去，只見那是一個十五六歲，伶伶俐俐的一個小丫環。這小丫環我不認識，但是她既然向我招手，我當然走了過去。

等我來到那小丫環的面前之際，那小丫環前張後望，現出十分慌張的神色來，我問道：「是你叫我麼？什麼事？你說好了。」

那小丫環顯然是十分害怕，是以她的臉色也白得駭人，她道：「你是……衛少爺？小姐叫我告訴你，她在西園等你，叫你別告訴家中的人！」

她話一講完，便匆匆地走了，留我一個人呆呆地站在那裏。

那小丫環口中的「小姐」，自然是葉家敏。

而她說的「西園」，我也知道，那是蘇州許多有名的園林中的規模極大的一個，它有很大的羅漢堂，有亭台，有樓閣，是一個名勝。

葉家敏約我和她在西園見面，還要我不可以告訴她家中的人，當然是有什麼秘密事要和我說，我是去呢？還是不去？

老實說，我對人家的秘事，如果人家是一心瞞着我的話，我絕無知道的興趣，可是我立即又想起葉家敏那種雙眼紅腫的情形來，如果她有什麼事要我幫助，我不去，豈不是太說不過去了？

我忽然又想到，事情可能和葉家祺無關，完全是小敏的事！

我立即匆匆地向門外走去，還未穿過大廳，便遇到四阿姨，她忙道：「衛家少爺，你到哪裏去？」

我裝出若無其事地道：「反正家祺要晚上才和我相見，我要出去走走。」

四阿姨道：「那麼，我叫老張備車！」

我連忙搖手道：「別客氣了，我喜歡自己去走走。」

「那麼，替你備汽車怎樣？」

「四阿姨，我年紀已不少了，而且，蘇州也不是什麼大地方，我不會迷路的，你忙你的好了，我出去走走，回頭再來向老太太請安！」

四阿姨笑了起來，然而她笑得十分勉強：「那倒不必了，老太太這幾天忙過了頭，不舒服，醫生吩咐她要靜養，不能見客。」

我隨口「哦」地答應了一聲，便向前走了出去。

我當然不相信四阿姨所說的什麼「生病」、「不能見客」等鬼話，老太太只不過是因為某種我還未知的原因，而不想見我吧了！

我離開了葉家，向前走了好幾條街，一直到了閶門外下車時，已然是黃昏時分。

西園濃黃色的高牆，在暮色中看來，另有一種十分肅穆之感，由於天冷，再加上天黑，是以根本沒有什麼人，我匆匆走了進去，在園中打了一個轉，卻看不到葉家敏，我連忙又轉到了園門口。

那裏仍然一個人也沒有，我揚聲大叫了起來，道：「小敏！小敏！」

我叫了幾聲，有好幾個人向我瞪眼睛，那幾個人看來是西園的管理人，我還想再叫時，只見一個人向我匆匆地奔了過來。

我還以為那是小敏了，可是等到那人奔到了我身前之際，我才看清，他原來是老張。

這實在可以說是天地間最令人尷尬的事了。

因為我出來的時候，是向他們說我隨便出來走走的，可是事實上，我卻來這裏見小敏，老張又在這時撞了來，當他在我面前站定的時候，我不由自主，面紅耳赤了起來。

我還想掩飾過去，是以我假作驚奇地道：「咦，你怎麼來了，老張？」

可是老張卻道：「衛少爺，小姐已經回去了，你是不是也回去？」

我當時真恨不得有個地洞，可以鑽下去。我的心中，突然恨起葉家敏來，是不是這個鬼丫頭，暗中在捉弄我呢？

可是，葉家敏那種雙眼紅腫的情形，正表示她的心中十分傷心，那麼她又怎會捉弄我呢？我無可奈何地問道：「小姐為什麼回去了？」

老張道：「四阿姨知道她來了，派汽車來將她接回去的，衛少爺，天黑了，路上怕碰到什麼，我們還是快回去的好。」

我有點老羞成怒，道：「會碰到什麼？」

老張忙道：「你別見怪，你是新派人，當然不信，可是我相信。其實，唉，也不由你不信，大少爺——」

他才講到這裏，便覺出自己失言了，是以他立時住了口，不再向下講去。

我立即用力抓住了他的手臂，將他拉出了幾步，在一石凳上坐了下來，我道：「好，老張，我和你現在說個明白，大少爺怎麼了？」

老張的神色，在漸漸加濃的暮色中，可以說慌張到了極點，我從來也未曾看到一個人的面色，會表現得如此驚惶，如此駭然的。

以後，過了許多許多年，我時時想起當時的情形來，我想，如果我那時，不是年紀如此之輕，不是如此執拗地想知道究竟發生了什麼事情的話，那麼，我一定會可憐老張，將他放了的。

但是當時，我卻絕沒有這樣做的意思，我仍然握着他的手臂，我將我的臉，逼近他的臉，我提高了聲音，近乎殘忍地問道：「說，怎麼一回事？」

老張的身子，開始發起抖來，他道：「大少爺……很好……沒有什麼。」

「那麼，大小姐呢？」

「大小姐？」他反問着：「大小姐沒有什麼啊！」

老張連續回答我兩個問題的口氣，使我明白，問題仍然是在葉家祺的身上。因為當我問及他大少爺時，他慌慌張張地否認，但是，提及葉家敏時，他卻有點愕然，因為葉家敏根本沒有事！

我冷笑一聲：「老張，你敢對我撒謊？」

老張忙雙手亂搖：「不敢，不敢，衛少爺，老張什麼時候對你説過謊，你也一直對下人很好的，你可別發脾氣。」

我冷笑道：「好，那你就告訴我，你如果不告訴我，那我就對老太太説，老張不是東西，我不住了，回上海自己家去了！」

我所發出的是可能令得老張失業的威脅！

我當時實在不知道這是一個十分殘酷的威脅，因為我太年輕，我根本不知道什麼是失業，也不知道像老張那樣的年齡，如果他離開了葉家，他的生活會大成問題。

是以老張的身子抖得更劇了。

我等着，我想，老張一定要屈服了。

可是，出乎我的意料之外，老張竟然用十分可憐的聲音，說出了十分堅決的話來。他道：「衛少爺，沒有什麼，實在沒有什麼。」

我大聲道：「你在說謊！」

老張畢竟是一個老實人，他呆了一呆，才道：「是的，我是在說謊，但是不論你問我什麼，我決計不說，我決計不說。」

我怒極了，我真想打他，但我揚起手來，卻沒有打下去，我道：「好，我立即去對老太太說，老張，你很好，你有種……」

老張站了起來，看他的樣子，像是急得要哭，一副手足無措的情狀，他道：「衛少爺，你別去見老太太，這些日子來，老太太已經夠傷心的了，你不肯住，她一定更傷心！」

我一聽得老張這樣講，心中不禁陡地一動。而同時，我的怒氣，也漸漸平定了下來。

原來，在那一剎間，我陡地想起，老張是一個粗人，我愈是要強迫他說出什麼來，他愈是不肯說，如果我略施技巧，說不定他就會把事實從口中講出來了。

於是，我裝着不注意地，順口問道：「老太太為什麼傷心？」

老張道：「大少爺——」

他只講了三個字，便突然住了口。

但是，僅僅是這三個字，對我來說，卻也已經夠重要的了！

因為這三個字，使我確確實實地知道，事情是發生在大少爺葉家祺的身上！

老張突然停住了口，神色更加慌張了，而我卻變得更不在乎了，我道：「行了，老張，不必說了，家祺有什麼事，其實，我早已知道。」

老張不信似地望着我，道：「你……早已知道了？」

我道：「當然，我們回去吧，剛才我只不過是試探你的，想不到四阿姨吩咐你不要說，你果真一字不說，倒是難得。」

老張忙道：「不是四阿姨吩咐，是老太太親口吩咐的，衛少爺，你……知道了？這是誰對你說的？」

我冷笑道：「自然有人肯對我說，你當個個都像你麼？但是我當然也不能講出他是誰來，一被老太太知道，就會被辭退了，是不是？」

老張道：「是，是！」他像是對我已知道了這件事不再表示懷疑了，他望着我：「衛少爺，你已知道了，你……不怕麼？」

我呆了一呆，因為我口說知道了，事實上，究竟是什麼事，我卻一無所知。而且，我只是覺得狐疑，好奇，卻還從來未曾將事情和「害怕」兩字，連在一起過。

是以我立時反問道：「怕？有什麼可怕？」

老張唉聲嘆氣：「衛少爺，你未曾親眼見到他，當然不怕，可是我……我……唉……卻實在怕死了，我們沒有人不怕的！」

我仔細地聽着老張的話，一面聽，一面在設想着那究竟是一件什麼樣可怕的事。但是我從他的話中，卻只知道了一點，那就是：這件事，令得很多人害怕，害怕的不止他一個！

是以我立時道：「你們全是膽小鬼！」

老張嘆了一口氣：「衛少爺，我們大少爺和你一樣，人是最好的，你說，他忽然——」

老張講到這裏，正當我全神貫注地在聽着的時候，老張的話，卻被人打斷了，一個人走了過來道：「天黑了，兩位請回府吧！」

那人多半是西園的管理人，我拉着老張，走了出來，老張的馬車，就停在園外，我心中暗暗恨那傢伙，若不是他打斷了話頭，只怕老張早已將事情全講出來了！

這時，為了和老張講話方便，我和他一齊並坐在車座上，老張趕着馬車回城去，我又道：「是啊，你們大少爺是最好的了！」

老張這才接了上去：「那樣的好人，可惜竟給狐仙迷住了，唉，誰不難過啊！」

我陡地一呆，剎那之間，我實是啼笑皆非！

講了半天，我以為可以從老張的口中，套出什麼秘密話來。可是，老張講出來的，卻是葉家祺「被狐仙迷住了」，這種鬼話！

講起狐仙，我有在這裏加插一小段說明的必要。在中國，不論南北，都有狐仙的傳說，「聊齋志異」更將狐仙人性化，寫了許多動人的小說。而在我所到過的地方中，最確鑿地相信狐仙存在的城市是蘇州。

我第一次到葉家來，我還只是讀初中一，十二歲，葉老太太見到了我，第一件事便是警告我，叫我不可以得罪狐仙，當時，我自然是不相信有狐仙這件事的，葉老太太像是也知道我不相信，是以她在告誡我之後，還給我看了二十多隻雞蛋殼。

那當然不是普通的雞蛋殼，那是完整的雞蛋殼，殼上連一個最小的小孔也沒有，但卻是空殼。

葉老太太告訴我，這就是狐仙吃過的雞蛋。

的確，因為我想不通為什麼連一個小孔都沒有，而蛋黃、蛋白便不知去向的原因，是以對狐仙的存在，也抱着將信將疑的態度。

以後，又陸續有好幾件事發生，都是不可思議和不可解釋的，但是我始終未曾見過「狐仙」，當然我也不會確鑿地相信。

是以，這時當我聽說，一個年輕人，大學生，居然被狐仙所迷之際，我實在是忍不住，立時「哈哈」大笑了起來。

老張卻駭然地望着我：「衛少爺，你……笑什麼？你別笑啊！」

我仍然笑着：「老張，你說你們少爺被狐仙迷住了，我看，你們少爺不是被狐仙迷住，他生性風流，只怕是被真的狐狸精迷住了吧！」

這時，我又自作聰明以為自己將事情全都弄清楚了，我想，那一定是葉家祺在外面結識了什麼風塵女子，是以才和家中引起了齟齬的。

可是，我「狐狸精」三字，才一出口，老張的身子一震，連手中的馬鞭，也掉了下來。他一聲叱喝，馬車停住，只見他跳下去，將馬鞭拾了起來，他一面向上爬來，一面道：「衛少爺，你……你做做好事！」

我知道，在對狐仙所有的忌諱中，「狐狸精」是最嚴重和不能說的。這也就是為什麼老張嚇得連馬鞭也跌了下去的原因。

我看他嚇成那樣，只覺得好笑，道：「老張，你怕什麼？叫狐狸精的是我，就算狐仙大人不喜歡，也只會找我，不會找你的。」

老張嘆了一聲：「衛少爺，我就是替你耽心啊，如果你像我們的大少爺那樣，唉……」

他一面揮着鞭，一面仍在搖頭嘆息。

我感到事情似乎並不值得開玩笑，因為每一次，當他提到他們大少爺之際，他面上神情之可怖，都是十分難以形容的。

我正色道：「老張，你們大少爺，其實並沒有什麼不對啊，我還和他通過電話來。」

老張道：「好的時候，和以前一樣，可是——」

他才講到這裏，在馬車的後面，突然射來了兩道強光，同時，傳來了「叭叭」的汽車喇叭聲，老張連忙將馬車趕得靠路邊些，「呼」地一聲，一輛汽車，在馬車的旁邊，擦了過去。

就在車子擦過去的那一剎間，我看得清清楚楚，坐在汽車中的正是葉家祺！

我絕不是眼花，因為老張也立時失聲叫了出來：「大少爺！」

我也忙叫道：「家祺！家祺！」

可是，葉家祺的車子開得十分快，等到我們兩個人一齊叫他之際，他的車子早已在十來碼開外了，而且，他顯然未曾聽到我們的叫喚，因為他絕沒有停車的意思，而且轉眼之間，他的車子已看不到了。

我忙道：「老張，不管我們是不是追得上，我們快追上去！」

老張的身子哆嗦着，道：「這怎麼會的？他們怎麼會讓大少爺走出來的。」

我聽出他話中有因，忙道：「老張，你這樣說是什麼意思？大少爺難道沒有行動自由麼？他為什麼要接受人家的看管？」

「唉，」老張不住地嘆氣：「你不知道，衛少爺，原來你什麼也不知道！」

我點頭道：「是的，我到現在為止，仍然莫名其妙，你告訴我，究竟是怎麼一回事？」

老張喘着氣，看來，他像是已下決心要將事情的真相告訴我了，但是，就在這時，「呼」地一聲，另一輛汽車，又在馬車邊上，停了下來。

那輛汽車的門打開，一個彪形大漢，跳下車來，叫道：「老張，大少爺走了，他開着汽車，你有看到他沒有？他走了！」

老張氣咻咻地道：「我看到他，他剛過去！」

那大漢一閃身，已然準備縮進車子去，但我也在這時，一躍下車，到了那大漢的身前。那大漢見了我，突然一呆。

他顯然是想不到我會在這時出現的，他有點驚喜交集，叫道：「衛少爺！」

那大漢是葉家祺父親葉財神的保鏢之一，他自然認識我。我只是隨口答應了一聲，推開了他，向汽車中望去。

除了司機之外，車子後面，還有一個面目莊嚴的中年人，好像是一個醫生，我大聲道：「下車，下車，統統下車來！」

那醫生怒道：「你是什麼人？」

我也不和他多說什麼，打開車門，劈胸抓住了他的衣服，便將他拉出了車來，那司機連忙打開車門，也走了出來，我又高聲叫道：「老張，你過來。」

老張戰戰兢兢，來到了我面前，我道：「進車去，我和你去追你們大少爺！」

老張像是不肯，但是我已將他推進了車廂，我自己則坐在司機位上，一踩油門，車子飛也似向前，駛了出去。我將車頭燈打大，好使車頭燈的光芒射出老遠，我下決心一定要追上葉家祺。

老張神情驚惶地坐在我的身邊，我一面駕車，一面問道：「你們大少爺怎麼樣了？」

老張的聲音，有些嗚咽，他道：「大少爺一定是得罪了狐仙，所以狐仙在他的身上作祟！」

我大聲道：「我不要聽這種話，你講清楚些。」

老張喘着氣：「衛少爺，你可千萬不能說那是我講的，大少爺他……沒有事的時候，全是好好的，可是忽然間會大哭大叫，亂撞亂跳，見人就追，事情過後，他卻又和常人一樣了。」

我聽了之後，不禁呆了半晌，這樣說來，葉家祺是得了神經病了！

老張又道：「這樣子，時發時好，已經有三個多月了，也不知看了多少醫生，老太太還差人陪他到上海去，給外國醫生檢查，外國醫生說他十分健康，一點病也沒有，老太太求神拜佛，都沒有用處，後來，才想到了要他快點成親的辦法來。」

我一直在皺起了眉聽着，並不去打斷老張的話。

老張又道：「反正，大少爺的親事，是早訂下的，衛少爺你也知道，王家小姐，大少爺也是十分歡喜的，一聲要迎娶，王家自然答應，可是……可是大少爺他卻在七天之前到了王家，在廚房中搶了一把菜刀，他……唉，他……搶了一把菜刀……」

我聽到這裏，實在忍不住了，將車子停了下來，道：「老張，你胡說！」

老張忙道：「我要是胡說，我口上生一個碗大的疔瘡，大少爺抓着菜刀，當時就將廚房中五六個廚師砍傷了，他還一路衝了出來，砍傷了王小姐兩個哥哥，王小姐的大哥，傷得十分重，現在還在醫院中，唉，我那天是送大少爺去的，我們幾個人合力，才將大少爺拖住，王家小姐，立時昏了過去！」

我又呆了半晌，道：「那樣說來，這門親事，是結不成的了。」

老張嘆了一聲：「王家的人，立時搖電話給老太太，老太太趕到王家，幾乎沒有向王家的奶奶跪下來叩頭，王家奶奶倒也是明理的人，她說大少爺多半是被狐仙纏上了，所以才這樣子的，家醜不可外揚，婚事還是照常進行，事實上，王家只是場面上好看，他們開的兩爿錢莊，早已空了，全是我們老爺在撐着！」

我並沒有十分注意去聽老張以後的話，我只是在想着：何以葉家祺忽然會瘋了呢？

如果他真的是瘋了的話，那麼，何以上海的醫生，竟會檢查不出，而說他的健康十分良好呢？

老張的話，聽來實是十分荒誕，但是我卻沒有理由不相信他的話，就算他膽大包天，也不敢這樣信口胡謅！

第三部

# 不斷的死亡威脅

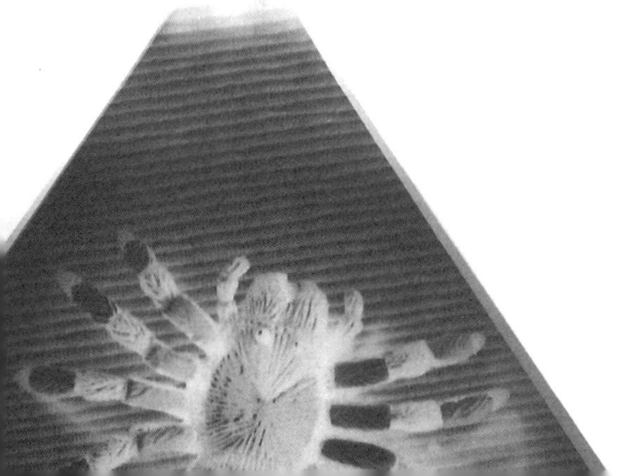

我感到如今，最主要的便是我要見到葉家祺！葉家祺的行動失常，當然容易被人當作是狐仙作祟的，但是我卻不信，葉家祺要就是裝瘋，但不論是真是假，都一定有原因的。

老張又道：「後來，老太太無法可施，將他送到木瀆的別墅中，命人看管着他，他在木瀆，已經有六七天，不知怎地，又逃了出來，唉，不知他……他又想去……殺什麼人了！」

我也不禁被老張的話，弄得汗毛凜凜起來，我忙道：「別胡說，我想他一定是回家去了，我們也趕快回家去再說。」

我重新開動車子，十分鐘之後，車子已在門口停了下來，葉宅的大門開着，我奔了進去，只見每一個人的神情，全是那樣異乎尋常，他們不是呆若木雞似地站着，就是在團團亂轉。

我才一走進門，葉老太太便走了出來，一把拉住了我的手，叫道：「衛家少爺。」她的聲音，十分哽咽，而她雙眼紅腫，可見在近幾天來，她一直在以淚洗面。

我連忙安慰着她：「老太太，我什麼都知道了，別難過，我會有辦法，剛才我在路上見到家祺，他在什麼地方？」

老太太顫聲道：「在他自己的書房中。」

我又道：「他現在沒有什麼，是不是？」

老太太道：「我不知道，我不知道，唉，衛少爺，我們葉家，不知作了什麼孽──」

我不等她講完便道：「老太太，我去看看他，我想一定沒有事。」

當我講出了這句話之後，我發現周圍的人，全將我當作是一個志願去赴死的人那樣望着我！

連葉老太太也流着淚：「你還是不要去的好，讓他去吧！」

我幾乎有點粗暴地推開了葉老太太，因為我實在忍不住當時的那種氣氛。當時，所有的人，似乎都被一種神秘的力量控制住一樣！

我推開了葉老太太之後，便大踏步地向葉家祺的書房走去。我走得十分快，不一會，便已將嘆息聲和哭泣聲，一齊拋在身後了。

我來到了葉家祺的書房之前，書房的門關着，我伸手扣了扣門。裏面立時傳來了葉家祺的聲音，道：「誰？請進來。」

我連忙推門進去，我站在門口，我是期待着葉家祺的極其熱烈的歡迎的。

可是，我卻看到，葉家祺只是坐在寫字枱前面的椅子上，轉過頭來，望了我一眼，立時又轉回頭去，在他向我望一眼的時候，我看到他的臉上神情，十分怪異。

接着，我便聽得他道：「原來是你，你來了……你，你……」他講到這裏，忽然喘起氣來。

我連忙向前走去，他卻向我揮着手：「你，你還是快出去的好，我忍不住了，我已經忍不住了！」

我可以清楚地看到他的身子在劇烈地發着抖，他的雙手緊緊地抓住了椅子的扶手，像是正在和一種十分可怕的力道相抗衡。

同時，他的口中，也發出了一種十分奇異，十分尖銳的叫聲來。

那種叫聲，即使是發自我最好的朋友葉家祺的口中，聽來也令得人毛髮直豎，我連忙再向他走去，可是我才來到了椅子之後，他已經站了起來。

葉家祺是突如其來地站了起來的，是以，當他站起的時候，將椅子也掀翻了。

然後，他立即轉過身來。

在他轉過身來的那片刻之間，我真的呆住了，因為我離得他極近，只不過兩三呎，但是我卻不能相信，站在我面前的人是葉家祺！

他整個臉可怕地扭曲着，抽搐着，他的額上，現出豆大的汗珠來，他的臉上，綻出許多紅筋，盤在他的皮膚之下，看來像是還在蠕蠕而動。

他繼續張大口，發出一陣陣的怪聲，然後，他突然向我撲了過來，緊緊地捏住了我的脖子。

我是正在極度的驚愕之中，被他的雙手捏住了脖子的，是以我根本連出聲呼叫的機會也沒有。而如果不是我從小就有着十分好的中國武術造詣的話，那我也一定會被他捏死了！

我那時，只覺得眼前金星直冒，困難地揚起手來，在葉家祺的「太陽穴」

上，重重地扣了一下，令得他鬆手。

然後，我猛地翻起身，手肘在他的下頦之上，重重地撞了一下。

那一下，令得他仰天跌倒在地上。

我那兩下重擊，是足可以令得一個強壯如牛的人昏迷不醒的。

而我那時候，也的確想他昏過去，因為我除了使他昏過去，鎮定一下之外，也沒有別的好辦法。

可是，出乎我的意料之外，葉家祺在跌倒之後，卻並沒有昏過去，而是立時跳了起來！

他一跳了起來之後，雙眼睜得老大，望着我，可是他的眼中，我卻幾乎看不到眼珠，只看到一片極深的深紅色，像是他的眼珠已被人挖去，只留下了兩個深溜溜的血洞！

我從來也未曾看到過一個人的眼睛如此恐怖（在以後的二十年中也未曾看到過），我發呆似地站着，而葉家祺則發出了一下怪吼，又衝了過來。

他雙拳齊出，一起擊在我的胸口。

我根本料不到葉家祺會發出那麼大的力道來，這兩拳之力，令得我的身子，凌空飛了起來，向後直撞了出去，我的背部重重地撞到了牆壁之上。

那一撞，使我坐倒在地，而且，要花好幾秒的時間，才站得起來。

當我站起來的時候，葉家祺抱住了頭，正在團團地轉着，呼哧呼哧地喘着氣。

我實在不知道在我最好的朋友身上，究竟發生了什麼事，他何以變得那樣子？他一定是瘋了，不論是由於什麼原因，他毫無疑問地是瘋了，在屋中團團亂走，剛才差一點將我捏死的人，一定是一個瘋子！

雖然他曾和我通過電話，而且在電話中，他講話十分清醒，他的瘋狂，或者是間歇性的！

我的心中難過到了極點，我呆呆地站着，低聲叫道：「家祺！家祺！」

但是葉家祺對我的叫喚，卻是一點反應也沒有，他只是不斷地轉着，而且愈轉愈快。

就算我是一個在中國武術上有着相當造詣的人，我也不能這樣不斷地旋轉着而不跌倒，他足足轉了有十分鐘，我也呆立了十分鐘。

然後，我實在忍不住了，一步一步地向他走過去，陡地伸出了雙臂，將他攔腰抱住，他不再旋轉，但是拚命地掙扎着。

葉家祺掙扎的力道極大，但是我抱住他的力道，卻也不小，我下定決心要將他抱住，我使出了最大的力量！

於是，我們兩個人的身子，就在他的書房之中，撞來撞去，我們幾乎撞倒了一切陳設，發出驚人之極的聲響來，在書房外面，也聚集了不少人，大多是葉家的男工，最後，葉老太太也來了。

我一面抱着葉家祺，一面叫道：「老太太，我會令他安靜下來，我會令他安靜下來。」

葉老太太也不說什麼，只是哭。做母親的，除了哭之外，還有什麼別的法子？

我抱着葉家祺，和葉家祺在房間中足足鬧了半小時，葉家祺才突然軟了下來，他軟倒在我的身上，一動也不動。看他的樣子，他像是一具機器，燃料突然用罄了一樣，我用腳踢起一張椅子來，將葉家祺放了下來。

葉老太太急急忙忙地想進來看他，但是卻被我阻住了，我道：「老太太，他現在沒有事了，我想讓他靜一靜，你們都離他遠些，讓我一個人陪着，或者，會在他口中問出些名堂來的。」

葉老太太垂着淚走了開去，一干男傭人也都嘆息着，散了開去。

我關好了門，轉過身來，看到葉家祺像死了一樣躺在椅子上，汗珠還在不斷地湧出來。

我也一樣滿頭大汗，我抹了抹汗，這才有機會打量他的書房。

他的書房是我最熟悉的地方，當我們兩人，都迷於鬥蟋蟀之際，他的書房中，便全是各種各樣的蟋蟀罐；當我們兩人，迷於做模型飛機時，他的書房中，便全是飛機材料和丙酮的氣味，可是這時，當我打量他的書房時，卻發現和我兩年前離開時不同了。

這時，書房中的好幾個架子，全部跌倒在地上，架上東西，也散落了一地，那些東西，全是我以前未曾見過的，那全是動物和植物的標本。

許多浸有動物標本的玻璃瓶打碎之後，甲醛流了出來，發出難聞的氣味，然而，那種難聞的氣味，比起有些標本的醜惡來，那簡直不算怎麼一回事了。

就在我足尖之前，有一條大蜈蚣的標本，我從來也未曾見過那麼大的蜈蚣，它足有兩尺長，背上紅藍交界，顏色鮮明，身體的兩旁全是腳。看到了之後，令人不期而然地感到全身肌肉在收縮，可是，比起那幾隻蜘蛛來，我卻又寧願選擇那蜈蚣了。

那幾隻蜘蛛，大小不同，最大的一隻，足足有拳頭般大，足上有着一吋來長的暗紅色的長毛，還有一隻蜘蛛，背部的花紋，十足是一個人的臉孔。

我自然知道葉家祺在大學中讀的是生物，讀生物的人，自然要蒐集各種各樣標本，但是，他究竟是從什麼地方，找到這許多可怕的東西的呢？

當我在慢慢地打量着他書房中這許多標本之際，他開始呻吟。

我繞過了那條大蜈蚣，來到了他的面前。

他慢慢地抬起頭來，望了望我，又望着書房中凌亂的情形，苦笑了一下：

「我剛才有點失常，是不是？」

我並沒有回答他，如果剛才他那樣，只算是「失常」的話，那麼，什麼樣的人才算瘋狂呢？

我的不出聲，分明使他十分不快，他道：「你這樣望着我幹什麼？每一個人都有情緒激動的時候，這又有什麼奇怪的！」

我不知對一個有着間歇性神經失常的人（當時我如此肯定），是不是應該直截地向他指出這一點，但是我卻感到，葉家祺像是知道自己的失常，而且，他還竭力地在掩飾着他的失常！

這種明知自己有錯，但是卻還要不住掩露的行為，我最討厭，我一聲冷笑：「家祺，你不是激動，你是神經失常！」

葉家祺猛地站了起來：「胡說，胡說！」

我冷冷地道：「你剛才差一點將我捏死！這是由於你情緒激動麼？還有，前幾天，你到王家去，操着刀，還砍傷了人，這也是情緒激動麼？」

在我毫不客氣地指摘着他的時候，他的眼球亂轉着，葉家祺從來就是一個十分誠實的人，可是這時的神情，卻十足是一個被捉住了的待審小偷。

等到我講完，他突然低下頭去，而且，用手捧住了自己的頭，喘着氣：「不會的，不會的，我不相信，我真的不相信！」

他說「不會的」，那分明是他抵賴，這令得我十分生氣。但是，他又說「我不相信」，這又是什麼意思呢？這實在令我心中起疑。

我拽了一張椅子，在他的對面，坐了下來，道：「家祺，我們還是好朋友，是不？」

「這是什麼話，我們一直是好朋友。」

「那就是了，家祺，你如今有麻煩了，很大的麻煩，你立刻和我坐夜車到上海去，我認識幾個第一流的精神病專家——」

我還未曾講完，葉家祺已然叫了起來，道：「別說了，我不要什麼精神病專家，我沒有病，我根本沒有病，我告訴你，我是一個正常人！」

葉家祺說他是一個正常的人，但是我卻可以肯定他絕不正常！

我搖着頭：「家祺，你這樣諱疾忌醫，對你實在沒有好處的。」

葉家祺尖聲叫了起來：「我沒有病。」

我也尖聲道：「好的，你沒有病，那麼我問你，你為什麼操刀殺人？」

葉家祺轉過頭去，我看不到他臉上的神情，但是我卻聽得他在不住地喘氣，過了好一會，他才道：「斯理，我疲倦了，我要睡了！」

他竟然對我下起逐客令來了！

這實在使我又是生氣，又是難過，我道：「好，今夜你休息，可是明天，我綁也要將你綁到上海去！」

我大踏步地走出了他的書房，「砰」地一聲關上了門。

我才一走出來，幾個男傭人便悄聲問我：「大少爺怎麼了？」

我向他們作了一個手勢，示意他們不要出聲，然後，我躡手躡足地來到窗前，向裏面偷窺。

只見葉家祺仍然呆若木雞地坐在椅上，過了好久，直到我彎着身子，已然覺得腰痠背痛了，我才看到他站了起來，他站了起來之後，行動卻沒有什麼異樣，只見他將倒了的標本架扶起來，又將跌在地上的東西，一件一件，拾了起來重新放好。

我仍然在外面注意着他的行動，他將可以拾起來的東西，都拾了起來之後，坐在書桌的面前，雙手支着頭，又坐了片刻。

然後，只見他抬起頭來，臉上現出十分憤怒的神色來，伸手「叭」地一聲，在桌上擊了一下，從口袋中取出了一小團被捏得很皺了的紙團來，看了一下，將紙團用力拋開去，跌在屋角。

他向房門走來，打開了門，我連忙閃過了一邊，不讓他看到。他走出了幾步，那幾個男工人一齊拱手侍立，道：「大少爺，老太太吩咐——」

葉家祺怒道：「別管我，我愛上哪裏，就上哪裏！」

那幾個男工連忙道：「是！是！」

葉家祺也不再去理會他們，逕自向前，走了開去。

我連忙向那幾個男工，打了一個手勢，他們向我奔來，我沉聲道：「你們吩咐下去，是我說的，不論他到哪裏，都不要阻攔他。」

那幾個男工，現出十分為難的神色來，我已頓足道：「照我的吩咐去做，聽到沒有！」

他們幾個人只得道：「是！是！」

我已疾閃進了書房，在盡角處，將那個紙團拾起，並且展了開來。

那是一張十分普通的白報紙，上面寫着幾個字，是用鉛筆寫的，十分潦草，我辨認了一下，才看出來那是「我們來了」四個字。

在那四個字之下，另有一行小字，是「福盛旅店三〇三號房」。在那行小字之下，則是一個十分奇怪的符號，那符號像是一隻僵直了的蜘蛛，看來給人以一種非常詭異的感覺。

我將紙摺好，向外走去，已有男工來道：「大少爺又駕着車出去了。」

我略呆了一呆：「你們誰知道福盛旅店，在什麼地方的？」

一個車夫用十分異樣的眼光望着我：「衛少爺，福盛旅店在火車站旁邊，那是一家十分骯髒的小旅店，是下等人住的。」

我道：「我相信你們大少爺，是到福盛旅店去了，你準備車子，我們立即就去。」

那車夫道：「好，可是，要告訴老太太麼？」

我搖頭道：「不必了，你們老太太，已將大少爺完全交給我了。」

我和那車夫，匆匆地向外走去，我上了車，車夫趕着馬車，便離開了葉家，這時，夜已十分深了，街頭十分靜寂，幾乎沒有什麼人。

是以，馬蹄聲敲在街道上，發出的聲音，也格外冷寞和空洞。

等到我們快到目的地的時候，天似乎在下着雨夾雪，天氣十分之冷，但是我仍然不斷地探頭外望，因為我希望可以在半路上看到葉家祺。

但是在冷清清的馬路上，卻發現不了什麼，一直到我到了福盛旅店的門口，我才肯定葉家祺真的是到這所旅店來了，因為他的汽車就停在門口。

那車夫講得不錯，這是一個十分低級的小旅店，以至葉家祺的那輛汽車，停在門口，看來十分異樣。

那家旅店的門口十分污穢，裏面的一切，全都極其陳舊，充滿了霉黑的陰影，一盞電燈，看來也是半明不暗的，我走了進去，櫃後一個茶房向我懶洋洋地望上一眼。

我向他身後，牆上所掛的許多小竹牌上看了一眼，在「三〇三」號房之下掛的小竹牌上，寫着「陶先生」三個字。葉家祺的車子既然在門口，那張紙條上，又寫着「福盛旅店三〇三」，那麼，葉家祺如今一定是和那個「陶先生」見面了。

我走到那茶房的面前，道：「三〇三號房的陶先生，在麼？」

「在，」茶房仍縮着頭，姿勢不變地回答我：「剛才還有一位先生上去探他。」

我向他點了點頭，向樓梯走去，我才走到了樓梯的轉角處，突然黑暗之中，一隻瘦骨嶙峋的手，疾伸了出來，抓住了我的衣服。

我給這突如其來的事，嚇了一大跳，連忙回過頭去，只看到在我的身邊，站着一個幽靈也似的女人，她的年紀不很大，而且也不大難看。

但是，她的臉色卻蒼白得可怕，她不但蒼白，而且瘦，可是她卻竭力地擠出一個笑容來，她望着我：「先生，你……你……」

她一面緊拉着我的衣袖，一面卻講不下去，但是她不必講明白，我已經恍然大悟了，她是一個可憐的妓女，在這樣寒冷的天氣中，她想我作為她唯一的顧客。

我嘆了一聲，輕輕地拍着她的手背：「不，我要去找人，有要緊的事。」

但她仍然不肯放開，道：「先生，我可以——」

我不等她講完，便已摸出一些鈔票來，塞在她的手中：「你拿去，我今晚有事。」

她接過了鈔票，有點不知所措地望着我，而我已趁機用力一掙，掙開了她，繼續向樓上走去。

我的腳步踏在木樓梯上。發出咯吱咯吱的聲音，在將到三樓的時候，我放慢了腳步。

這旅店的房間，都是用木板來隔開的，而大多數的木板，當中都有着隙縫。當我一登上三樓之際我就聽到了葉家祺的聲音。

我只聽得他在憤怒地叫着：「你們不能這樣，你們怎能這樣。」

接着，是一個相當蒼老的聲音，講了幾句話。

我一聽那幾句話，便不禁陡地一呆。

那幾句話我沒有一個字聽得懂，我竟不知道他在說些什麼，而在我一呆之際，立時便想起我在火車上遇到的那一老一少兩人來。

那幾句話，似乎和那一老一少兩人在火車中所說的話，屬於同一種語言的範疇的。

我連忙加快了腳步，到了三〇三號房的前面，從板縫中張望進去。

我看到了葉家祺，也看到了在房間中的另外兩個人！

那兩個人，正是我曾在火車中遇到過，曾和他們發生過小小爭執的那一老一少！

當時，在火車之上，我就覺得這兩人，神情十分詭異，這時，在黯淡的電燈光和簡陋殘破的低級旅店的房間中，他們的神情，看來更是詭異莫名。

那個老者仍然在繼續講話，一面講着，一面在指手劃腳，神情十分激動。

而葉家祺顯然聽得懂那老者在講些什麼，他神色驚怖，但仍然十分倔強，只聽得他不斷地在說着：「不會的，我不信，你不能！」

那老者突然間住了口，那年輕的道：「葉先生，我們知道你不肯回去，所以特地來勸你，你一定要回去，不然，你是絕對逃不過我姐姐佈下的羅網的，而且，也沒有什麼人能救你！」

葉家祺「砰」地一掌，用力地擊在桌上，將桌上幾隻滿是茶漬的茶杯，震得一起跳了起來，他大聲道：「你們不必恐嚇我，我不信，我不會死，我一定會活着，活得很好！」

那年輕人卻有點悲哀地搖着頭：「葉先生，你不能活了，你一定會死，而且，就是我姐姐所說的那個日子，你就會死！現在，你一定已感到很不對頭，是不是？為什麼你還不信？」

葉家祺的面色，變得十分難看，他仍然大聲道：「我不信，你們的這些鬼把戲，嚇不倒我，明天，我就到上海找醫生檢查！」

那年輕人仍然搖着頭：「沒有用，葉先生，那些拿刀拿針的醫生，一點用處也沒有，只有我姐姐才有法子！」

我在外面，聽到了這裏，心中的驚訝，實在已到了難以形容的地步，而且，我心中的憤怒，也很難再遏制下去的了。

這一老一少兩人，不斷以死亡在威脅着葉家祺，而且，葉家祺的行動失常，似乎也找到了原因，那就是因為他不斷地受着恐嚇的緣故。

這實在太豈有此理了，這一老一少是什麼東西，居然敢如此欺侮我的好朋友，他們何以能隨便定人的生死？難道他們是死神的使者？

我猛地用力一推，我這一推，並沒有將門推開，但是由於我用的力道太大了，「嘩啦」一聲響，整扇門都塌了下來，而我也一步跨了進去。

我的突然出現，令得房中的三個人，盡皆一呆，一個茶房聞聲，驚惶失措地走了過來，道：「什麼事？什麼事？」

我向他揮了揮手：「走開，沒有你的事，就算我們要打架，打壞的東西，也一律算在我的帳上。」

那茶房看了看我，又向房內張了一下，他忽然看到了葉家祺。葉家祺是蘇州著名的大少爺，那茶房一看就認得他了，立時點頭哈腰：「原來葉大少爺在，那就不妨事！」

那茶房退了開去，葉家祺才頓了頓足：「唉，你怎麼來了？」

# 第四部 苗疆奇遇

聽他的口氣，像是嫌我多事一樣，我也不去理會他，轉身向那一老一少道：「兩位是什麼堂口的？有什麼事，找我好了。」

我一面說，一面已連連做了幾個手勢。

這幾個手勢，全是幫會中人見面時，表示是自己人的手勢，我因為從小習中國武術之故，和幫會中的人很熟悉，而這時，我也以為他們兩人所講，我聽不懂的話，是一種江湖上的「切口」。

但是，當我這樣問那一老一少兩人的時候，他們卻睜大了眼，大有瞠目不知所對之狀。

我又「哼」地一聲：「你們不給我面子，那你們要怎麼解決？說好了！」

那一老一少，仍然不出聲，而葉家祺則道：「唉，斯理，你弄錯了，你完全弄錯了！」

我道：「這兩個人不是在威脅你麼？」

他答道：「可以那麼說，但是事情卻和你想像的絕對不相同，來，我們走，連夜開汽車到上海去，我將經過的情形告訴你。」

我疑惑地望着他，那年輕人又叫道：「葉先生，你已沒有多少時間了，三天之內，如果你不跟我們走，那就來不及了。」

葉家祺冷笑道：「我根本不會跟你們走，而且，我也絕不會死，你們別再放屁了！」

那年輕人對着老者，嘰咕了一陣，看樣子是在翻譯葉家祺的話。

而那老者聽了，卻嘆了一聲，大有可惜之狀。

這時，葉家祺已不理我同意與否，而將我硬拉出房間來。

我在被他拉出房間之時，仍然回頭看了一下，我看到那一老一少兩人的臉上，都現出十分悲傷而憂戚的樣子來。

我絕不能說他們臉上的那種神情是偽裝出來的。然而，這兩個人，分明是用死在威脅着葉家祺，他們當然不是什麼好東西。

但是，如果他們是壞人的話，在他們的臉上，又怎可能有這樣的神情呢？

我想要停下來，再問一個究竟，然而葉家祺卻用極大的力道，一把將我拖了下去，直到了旅店的門口，他才喘了一口氣，又拉着我來到了汽車邊。

那車夫一看到我們，立時迎了上來，葉家祺向他揮着手：「去，去，我和衛少爺到上海去，你自管回去好了，別那樣瞧着我！」

葉家祺最後一句話，是大聲吼叫了出來的，嚇得那車夫連忙向後退去，葉家祺已打開了車門，葉家祺肯到上海去，那使我十分高興。

因為在上海，我知道好幾個名醫，那幾個名醫若是能夠診治葉家祺的話，當然可以找出病原來的。

我和他一齊上了車，他駕着車，不一會，便到了公路之上，他一直不出聲，我也不去打擾他。

過了約有十來分鐘，他忽然「哈哈」地笑了起來，道：「你不要以為我在說笑，雖然我自己也不信，但是剛才那一老一少兩人，卻堅持說我中了蠱，至多還有二十天的命！」

我吃了一驚，對於「蠱」，我所知極少，只不過從書上看來的，而且多半還是在小說中看來的，尤以還珠樓主所著的小說為多。

我還是第一次從一個人的口中講出「中蠱了」這樣的話來。

我竭力使自己保持冷靜，我知道，葉家祺已肯向我講出一切經過來了，我淡然道：「究竟是怎麼一回事？你慢慢和我說。」

葉家祺又沉默了片刻：「為了蒐集生物標本，去年夏天到雲南去了一次，雲南省可以說是天然的動物園和植物院。」

我訝然道：「為什麼你在信中，一點也沒有和我提起？」

葉家祺道：「我本來是想等回來之後，將各種標本整理好，等你來找我時，看到了這些標本，嚇了一跳之後，再告訴你的。」

那些標本，倒的確曾令我嚇了一跳。然而當時葉家祺的情形，更令人心跳，是以我全然未曾對那些標本的來歷，多加注意。我點了點頭，問道：「在那裏，你遇到了什麼？」

葉家祺又呆了許久，才道：「我是和一個大學講師，以及兩個同學一起去的，名義上，我們是一個考察團，我們先到了四川、再到康定，然後一路南下，沿着瀾滄江向南走，那一次旅程，簡直是奇妙極了，所經過的地方，景色之雄奇，絕不是我所能形容，那一段旅程，簡直就像神仙過的日子一樣！」

我對葉家祺的話，並沒有什麼特別反應，這一段路，全是最崎嶇，最難行的山路，以及人迹不到的蠻荒之地，旅程絕不可能愉快，他當然是過甚其詞。

葉家祺繼續道：「我們一直止於普洱以南約八十里的一個苗砦之中，那地方，是崇山峻嶺中的一個小山谷。」

葉家祺說：「在瀾滄江邊，有一條巴景河注入江中，那河的河水，當真是美妙之極了，瀾滄江的江水是何等湍急，可是那河的河水，卻平靜得像鏡子，清澈得像水晶！」

自他的臉上，現出了十分嚮往的神色來。

「我們用兩粒金珠子，向一個苗人買了他搭在河邊的一幢竹屋子，那種屋子有趣極了，屋頂全是芭蕉葉蓋成的，雨灑在上面，發出美妙的聲響，我們本來帶着最現代化的篷帳，但是在那地方，苗人搭的屋子，不知曾用過什麼方法，毒蛇和毒蟲爬不進去。」

「本來我們是計劃住一個月的，但是，一件突然的事，卻打亂了我的計劃。」

葉家祺講到這裏，停了下來。

他不但停了口，而且，也將車子停了下來。

那時候，主要的遠程交通工具是火車，極少人用汽車來往上海和蘇州之間的，是以，當汽車一停下來之後，我們都覺得四周圍靜到了極點。

葉家祺伸手按在額上：「我也不知道那是不是夢……那當然不是夢。那一天晚上，我在河上蕩着小舟，只是我一個人，其餘三人都忙着在整理我們已然蒐集到的標本。

「突然間，在河的上游，我聽到了一陣嘻笑聲，那陣嘻笑聲，在寂靜的黑夜中，傳入我耳內，令我覺得十分好奇，於是我逆水划船而上，過了半小時，我看到河中有許多火把，而那些火把，全是自一艘樣子很奇特的船上發出來的。

「那其實不是一隻船，而是十幾艘獨木舟頭尾串在一起，我看到有許多人在船上嬉戲着，我是帶着望遠鏡出來的，我一手打着槳，令船在水面上團團地轉着，一手持着望遠鏡，有男有女，他們的打扮，十分奇特，和我一路前來見到的苗民不同。

「我自然知道，中國滇、黔、湘、桂四省的苗民，真要分起不同種族來，不下數百種之多，苗民只不過是一個統稱而已。我由於好奇，一直在向前看着，卻不料在我看得出神之際，就在我的小船之旁，發出了一陣水響，我覺得小船側了一側，有水濺到我的身上。

「這令我嚇了一跳，我連忙放下望遠鏡，可是當我低頭一看間，我不禁呆住了。

「一個女孩雙手攀住了船舷，正仰頭望着我，她的臉上、頭髮上，全是水珠，在月色之下，那些水珠，就像是珍珠一樣，一顆一顆地自她的臉上滑下去，我從來也未曾見過那麼美麗的少女，直到現在為止，我還不知道怎樣來形容她才好。」

葉家祺輕輕地喘着氣，我仍然不出聲，怔怔地望着他。

葉家祺又沉默了半晌，才道：「她望着我，我望着她，她從水中跳了起來，跳到了我的船上，她身上幾乎是全裸的，我的心跳得劇烈極了，她這樣美麗，而且還是裸的，我不知怎麼才好，船在順流淌了下來，她卻毫不在乎，向我的望遠鏡指了指。

「她一定是從那一串獨木舟上游下來的，她大約在水面上看到我用望遠鏡望前面很久了，是以她才會對望遠鏡感到好奇。

「我連忙將望遠鏡遞給她，她將之湊在眼前一看，她只看了一看，就嚇了一跳，手一鬆，望遠鏡跌到了水中，我連忙伸手去撈，已經來不及了。」

葉家祺繼續說下去：「那女孩子也吃驚了，她身子一聳，立時跳了下去，我知道河水十分深，要找回望遠鏡，自然是不可能。

「是以，當她潛下去又浮起來的時候，我對她大聲叫道：不必找了，你不要冒險。她雖然不懂我的話，而我的叫聲，卻引起了上游獨木舟上的人的注意，獨木舟於是順流放了下來。

「那些人見了我，都好奇地交頭接耳，那女郎不久又浮了上來，大聲講了幾句，那些人一齊都跳到了水中，我明知他們白辛苦，可是和他們語言不通，卻也沒有辦法可想。

「那些人一齊潛水，足足找了一個小時，當然找不到我的望遠鏡，這時又有一艘獨木舟順流而下，獨木舟上是一個年輕人，那些人見到了他，又紛紛地叫了起來。她愁眉苦臉，對那年輕人不斷講着什麼。

「那年輕人的面色，變得十分凝重，他划着船，來到了我的船邊，道：『先生，芭珠説，她失去了你的寶物，你的寶物，可以使人由這裏，一下子飛到那裏去的。』我聽了之後，幾乎笑了出來。

「望遠鏡使被看到的東西移近，但是芭珠——那當然是女郎的名字——卻以為是她的人，一下子到了遠處，還以為我的望遠鏡是寶物，那年輕人既然會講漢語，我自然可以和他交談，我道：『那不是什麼寶物，只不過是一具望遠鏡，不見了就算了，不必再找了。』那年輕人似乎有點不信我的話。

「他側着頭，小心聽着我所講的每一個字，直到我講了第二遍，他才大喜過望地點着頭，又向那少女講了幾句話，那少女臉上的愁容消失了，顯然是那年輕人轉達了我的話，我第一次看到一個少女笑起來有那樣的美麗，我實在難以形容。」

葉家祺講到這裏，又停了半晌。

我只是呆呆地聽着，連身歷其境的葉家祺，這時追憶起來，都有着如夢似幻的感覺，我是聽他講的人，當然更有那種感覺。

一直等到他略停了一停，我才吸了一口氣，道：「那年輕人——」

「那年輕人，就是你剛才在旅店中見到的那個，他叫猛哥，是芭珠的弟弟，那老頭子的兒子。」葉家祺在講到「那老頭子」四字之際，他的身子，又發起抖來，而他的雙手，也緊緊地掩着他的臉。

我為了使他的神經鬆弛些，也為了調和一下當時車廂中那種令人不舒服的氣氛，我笑了起來：「那不錯啊，漢家少年，遇上了苗家少女，她那銷魂蝕魄的一笑，大概表示她對你有了情意——」

我才講到了這裏，葉家祺突然放下了掩住臉的雙手，向我大聲喝道：「住口！」

他這一聲呼喝，是如此之粗魯，以至他的唾沫，都噴到了我的臉上。

這不禁使我大是愕然，我並不是一個好開玩笑的人，然而我和葉家祺如此之熟，他何以對我的話，反應得如此之憤怒？

我可是講錯了什麼？

從他的神態來看，我的話，一定觸到了他心靈之中最不願被人觸及的創傷。但事實上，根據他的敘述，他和芭珠之間，必然是有了深情的，而且，發展下去，事情似乎也不會不愉快。

在那一剎間，我還以為葉家祺的「病」，又要發作了，我驚愕地瞪着他，他喘着氣，足足過了一分鐘之久，他才道：「對不起，真對不起。」

我毫不在乎地説：「不要緊，你心情不好，不時發脾氣，不對我發又去對誰發？」

只有真正的好友之間，才能講這樣的話，是以葉家祺聽了，握住了我的手好半晌，才道：「當時，我完全被芭珠的笑容迷住，我和你的想法一樣，這樣的事，在小説中，在電影中，看到太多了，令得我那時的心中，起了一種十分甜蜜的幻想，我看到芭珠一面望着我，一面又對猛哥説了些話。

「然後，猛哥告訴我，他們這一族人，是附近數百里所有苗人之中，最權威的一族，叫着『阿克猛族』，只有幾百人——」

葉家祺講到這裏，又頓了一頓。然後他嘆了一聲，道：「那時候，我不知道『阿克猛』在他們這一族的語言中的意思就是『蠱』，如果知道，我或許不會去了。但……那也難説得很，因為我對於『蠱』的觀念，也模糊得很，我根本不知道苗人之中，有一族叫作『蠱族』的，而且，芭珠的笑容——」

葉家祺又苦笑了一下，才又道：「猛哥説，他們那一族，多少年來，居住的地方，是絕不准外人進去的，只有五年前，有一個金頭髮，綠眼睛，全身都有着金色的細毛，鼻子又高又勾，皮膚白得出奇的『怪人』，因為曾救了他們族中的一個人，所以曾進入過他們居住的所在，而那『怪人』立即迷戀住了他們居住的地方，所以一直住了下來。

「如今，由於我的大方和慷慨，我可以作為第二個例外，到他們居住的地方去。

「我當時聽了猛哥的話之後，幾乎沒有考慮，你知道，我天性好奇，聽猛哥將他們所住的地方，形容得如此神秘，而且居然還有一個『綠眼睛生金毛』的『怪人』，那我更是要去看一看。而且，芭珠正笑殷殷地望着我，她毫無疑問對我有着十分的好感，也毫無疑問，她是希望我答應的。」

他又嘆了一聲，才道：「我，立即就答應了他。」

當他在講出這句話的時候，像是在痛悔自己做了一件極端錯誤的事一樣。

然而我卻不明白他有什麼錯，因為如果換了我，我也一定答應去的，苗人居住的區域，本來就是桃花源式的神秘之極的地方，何況這一族的苗人，更比別族苗人神秘，怎能不去看個究竟？

停了好一會，葉家祺才又道：「於是，猛哥扶住了我跳上了他的獨木舟，向前划去，芭珠的獨木舟緊靠着我們的獨木舟，我無法和她交談，只好和她相視而笑。

「獨木舟逆流而上，他們划船的技巧十分高，是以船的去勢很快，不一會，船便已到了河邊的懸崖上，那貼近河邊的懸崖，有着許多山洞，所有的人，都在高聲唱着十分優美的山歌。但是在突然之間，歌聲停止了！

「我這才發現，我們已到了一個十分狹窄的山縫前。那山縫十分狹窄，恰好只可以供一艘獨木舟通過。而且，河水顯然是注入那山縫中的，是以在山縫口子上，形成了一股急流。

「那股急流產生極大的力量，使獨木舟一旦擺橫，對準了山縫之後，便會被急流的力道，帶着向山縫中直淌了進去。

「山縫之中一片漆黑，那是一段十分長而曲折的道路，所有的人都不出聲，除了水聲以外，沒有第二種聲音，而且，獨木舟是不必划的，完全是順水在淌着。

「約莫過了二十分鐘，眼前突然一片清明，我們已從山縫之中出來了。

「而當我看清楚了眼前的情景時，我實在呆住了，我實在不相信世上有那麼美麗的所在！

「獨木舟自山縫中淌了出來之後，緩緩地駛進了一個很大的湖中，月光照在平靜的湖水上，使我覺得沉浸在一片銀光之中。

「在那美麗的湖旁，我看到許多屋，房屋的樣子，也是特別的，有着很技巧，很尖的頂，和很高的架子，房屋架在空中。每一幢房子都有一架長梯通向屋子。

「有皮鼓的砰砰聲傳來，一定是代表某種語言，接着，無數火把出現了，數十艘獨木舟，從湖的對岸迎了過來。

「那幾十艘船，全對我表示歡迎，事後才知道，阿克猛族的苗人，對於私有觀點，極之尊重，尊重到了超過我們想像的程度。像在河上發生的事情那樣，我可以堅稱那望遠鏡是寶物，而芭珠失去了我的寶物，我不但可以索取極高的賠償，而且也可以要求芭珠作為我的奴隸，而她不得拒絕。

「但是，我卻大方地不計較，而芭珠又是他們族中，地位最高的一個人的女兒，那麼我受到盛大歡迎，自然順理成章。

「我被擁上岸，在那裏，我首先見到了那個『金毛怪人』，他使我笑得打跌。

「做夢也想不到，猛哥口中的那個『金毛怪人』，絕不是什麼史前的怪物，而是一個文明人，他就是前五六年，忽然在內地失蹤的著名瑞典生物學家，國際細菌學權威，平納教授，大學課本，有好幾種就是平納所著的！

「但是說猛哥形容錯了，那也不公平，他只不過將一件人所皆知的事情，再形容得十分詳細而已。這位著名的教授，的確是一頭金髮和碧眼，而且，他的金色汗毛，即使在月光之下，也閃着異樣的光芒，他鼻子高，皮膚白，一言以蔽之，他是一個典型的北歐人。一個只曾在苗區中生活的年輕人，不將一個北歐人當作是吃人的怪物，那已很不容易了。

「平納教授一見到了我，顯出異常的高興，在我的肩頭上大力地拍着，他的英語帶着極濃的北歐口音，他不斷在和我說着話，可是，他只不過和我交談了幾分鐘，便被打斷了。

「二十多個年輕男女，將我擁到一幢最大的屋子之前，我不明白他們是什麼意思，猛哥在人叢中擠了出來，在我的耳邊道：『你應該去見我的父親。』這是一個合情合理的要求，因為看來，猛哥和芭珠的父親，正是這個族的族長。

「我點了點頭，猛哥補充道：『你必須一個人進去，這是特殊的榮耀。』我笑了一下，向前走去，來到了那幢屋子的門前，那扇門是用極細的一種草編成的，十分緊密，當我的手向那扇門推去時，我突然聽得平納教授在大聲道：『看天的份上，別進去！』」

葉家祺講到了這裏，又停了下來。

他將他自己的頭，深深地埋在雙手之中，我明知他大約又有了什麼痛苦的追憶，是以也不去催他。

葉家祺在那個神秘的地方，接下來又發生了一些什麼事，實在是我所無法想像的，所以我也沒有法子問他什麼。

過了好一會，才聽他又道：「我當時呆了一呆，不知道平納教授這樣高叫是什麼意思，我回頭看去，可是圍在我身後的人，已開始唱歌和跳舞，我看不到平納，也沒有再聽到他說什麼——唉，那時，我若是聽他的話，別推開那扇門就好了。」

然後，他才又嘆了一聲：「但當時我完全被這種新奇的環境所迷惑了，我也根本未曾去細想一下平納教授的高呼，我伸手推開了門，走了進去。

「別看那扇門只是草編成的，但由於它十分堅厚，是以有極佳的隔音效果。是以當我一推門走了進去，順手將門關上之後，便什麼都聽不到了。

「屋中的光線十分黑暗，在我剛一將門關上之際，幾乎什麼都看不到，為了怕有失禮儀，是以在未曾看清眼前的物事前，我只是站着不動。

「在我站立不動之際，我首先聞到一種異樣的氣味，我很難說出這是一種什麼氣味，那是好幾種氣味的混合，有的香、有的腥，這種氣味，使我覺得身在異域，我是處在一個我無法了解的神秘環境之中！

「不消多久，我的視力便適應黑暗的環境，我看到，在屋中央，一個老者，席地而坐。

「我想那老者一定就是猛哥和芭珠的父親了，我正在想着如何向他行禮才比較得體，卻突然看到，有一串，足有六七隻，三吋來長，赤紅色的毒蠍子，正在那老者赤裸的上身之上爬着！

「那六七隻毒蠍子的尾鈎高高地翹着，我是學生物的，自然知道，這種劇毒的毒物，只要它的尾鈎向下一沉，進了人體之中，那麼，再強壯的人，也會在半分鐘內斃命！

「當時我簡直嚇得呆了，一句話也說不出來。也就在這時，我覺得的我手背上發癢，我連忙揚起手來一看，唉，我實在難以形容我心中的恐怖，不知什麼時候，在我的手背上，爬上一隻長滿了紫黑色長毛的黑蜘蛛，我只看一眼，便立即可以斷定這種蜘蛛是世界上最毒的毒蜘蛛之一，雖然我到這一帶來的目的，有一大半是想找到一隻這樣的蜘蛛做標本，但是當這樣的蜘蛛出現在手背上，那無論如何，是一件極不愉快的事。

「我僵立着，身子在發抖，那老者則微笑，欠了欠身，用一隻鳥羽做成的掃帚，在我的手背上掃了一掃，那隻蜘蛛掃了下地，那隻蜘蛛，迅速地向他爬去，爬上了他的膝，爬上了他的身子，我清清楚楚地看到，那蜘蛛爬到了他的脅下，就伏了下來不動，像是回到了它自己的窩中一樣！

「我感到一陣昏眩，在那樣的情形下，我也不顧禮儀了，我連忙拉開門，我幾乎是跌下梯子去的。當我到了下面時，猛哥連忙問我，道：『我爹對你做了些什麼！』我急促喘了口氣，道：『他……他似乎將一隻蜘蛛，放在我的手背之上！』

「我不知我這樣說法對不對，因為事實上，我只看到那蜘蛛爬回他的身上去，而沒有看到那蜘蛛自他身上爬出來。

「可是，猛哥一聽我那樣講，卻立時歡呼起來，我也不知他叫了一句什麼，所有的人都呼叫了起來，歡聲雷動，芭珠也在這時，被人推了出來，她顯然刻意地打扮過，她的頭上，潑滿了一種發出異樣的香味的白色的小花，令得看來更像仙女，她被推到我的身邊，猛哥向我高叫道：『你已被認為是我們族中的一員，爹已准了你和芭珠的婚事！』

「直到此際，我才陡地一驚，我和芭珠的婚事？我並未向芭珠求過婚，如果我這樣，那不是太兒戲了麼？我想要分辯幾句，可是那晚，月色是那樣皎潔，芭珠是如此美麗，族人的歌舞，又是如此狂熱，我實在無法抗拒那麼多的誘惑，所以，在我呆了一呆之後並不分辯，立時抱住了芭珠。

「一批一批的人，灌我飲一種十分甜冽的酒，那是瘋狂的時刻，我在飲了酒之後，和芭珠遠遠地奔了開去，在那時，根本沒有想到和芭珠成婚，我只感到，這是我的一段艷遇，芭珠固然美麗，但是娶她為妻，還未免不可想像，當她躺在我臂彎中時，我已經在想，當我回到上海，向人講起這段艷遇時，會引起多少人的欣羨！」

葉家祺又停了下來，向我苦笑了一下：「如果我真的不能救了，那是報應，薄倖兒不是總有報應的麼？可是……可是我從頭至尾，根本沒有愛過她，我根本不愛她。」

我想責備葉家祺幾句，責備他既然根本不愛芭珠，為什麼當時不立即拒絕。

但是我卻沒有出聲，因為我了解葉家祺的心情，在他的敘述中，我已經完全可以明白當時的情形了，有哪一個年輕人可以抵抗半裸的苗女的誘惑呢？而且，正如葉家祺所說，他以為那是艷遇，以為那是隨時可以離開的，而且不必負責的事！

葉家祺用力地搖着頭，又道：「這樣，過了七天，我想起了平納教授，我想見他，可是他卻不知道到什麼地方去了。我想起了我的標本採集隊，於是我告訴猛哥和芭珠，我要離去。

「但是，當我這樣告訴他們之際，他們卻只是用搖頭來回答我，這使我十分惱怒，我終於不告而別，從另一道石縫的急流中淌了出去。

「我剛一出了那山縫口，又重來到河面上之際，猛哥追上了我，他要我立時回去，我當然不肯，他最後才道：『你要走也沒有法子，但是我不妨告訴你，我們的族人，最精於下蠱，我的父親，我、芭殊，都是此道的高手。你絕不能離開超過一年，而且，你和芭珠已經結了婚的，你不能再結婚！』當時，我只將他的話，當作是無聊的恫嚇！

「我當然不作理會並告訴他，我是一個文明社會的人，他們要我在他們這種未開化的地區過日子，那是不可能的事！

「猛哥卻不顧我說什麼，只自顧自道：『芭珠准你離開一年，一年之內，你一定要回來，如果你不回來的話，你一定會瘋狂，你的瘋狂是逐步來的，在大半年之後，是每隔十來天一次，以後就愈來愈密，直到完全瘋狂為止。但是，如果你竟然和別人結婚的話，那麼，你必然在結婚的第二天早上慘死！』猛哥講得十分認真，像是他的話是一定會實現的一樣。

「當時，為了怕他們大隊人追上來，強將我攔了回去，所以我只敷衍着，告訴他，我先回家去安排一下，或者我會回來久居。

「當夜，我回到了營地，立即迫着土人嚮導連夜起程，不幾天，我們已遠離了那個苗區，人家問我那幾天在什麼地方，我也只說是迷了路，我沒有對任何人提起過那一段經過，我自己也將之淡忘了，可是，可是……」

葉家祺講到這裏，便難以講下去。

可是他不必講下去，我也可以想到他所要講的是什麼了，他在離開的時候，根本沒有將猛哥的話放在心上，可是到了如今，猛哥的話，已然漸漸成為事實了！

我聽了他的敘述之後，心中的駭然，難以形容，因為他所講的一切，實在太不可思議了。

天下真的有「蠱術」麼？真的有一些人，精於「蠱術」，可以使人在不順他們的意思之際，令得中了「蠱」的人瘋狂或死亡麼？

如果真的有，那麼「蠱術」究竟是什麼？是一種什麼力量？

從眼前葉家祺的情形來看，他已中了蠱，漸漸地變為瘋狂，但是真的是如此麼？

我的腦中，亂成了一片，我呆了半晌，才道：「家祺，你好好地休息一下，待我開車，到了上海之後我們好好地找精神病專家來研究一下。」

葉家祺苦笑了一下：「直到如今，我還是不相信猛哥的鬼話的，我一切全正常，世上也不會有那種神秘的力量的。」

第五部
美女芭珠

我和葉家祺換了一個位子，由我來開車，我又問道：「那麼，猛哥和他的父親，找到你之後，又和你講了些什麼？」

「他們和我的交涉，我想你已全都聽到，他們要我跟他回去，並且一再說，如果我結婚的話，一定性命難保，他們也不想我死，可是那是芭珠下的蠱，他們也沒有法子解。」

我道：「這樣說來，事情愈來愈奇了，我根本不信有這種事，我也很高興你不信，家祺！」

葉家祺欣然：「我們畢竟是好朋友！」我早已說過，我那時，很年輕很年輕，葉家祺也一樣。在我們年輕的想法中，有一個十分幼稚的概念，那便是認為人類的科學，已可以解釋一切現象！

如果有什麼事，是科學所不能解釋的，那他們就認為這件事是不科學的，是違反科學的，是不能存在的，是虛假的。

直到以後，經歷了許多事之後，我才知道，有什麼事是科學所不能解釋的時候，那些是因為人類的知識，實在還是太貧乏了，科學還是太落後了的緣故。

只是可惜得很，當我知道了這一點之後，已然是很久很久以後的事情，久到了我連後悔的感覺，也遲鈍了。

在天濛濛亮的時候，我們到了上海。

我將車直駛進虹橋療養院，替葉家祺找了一個頭等病房，當天中午，名醫畢集，對葉家祺進行會診。會診一直到傍晚時分才結束。

在會診結束之後，一個德國名醫拍着我的肩頭，笑道：「你的朋友極其健康，在今天替他檢查的所有醫生全都死去之後，他一定還活着！」

聽了這樣的話，我自然很高興，可是我的心中，卻仍然有着疑問。

我道：「可是，大夫，我曾親眼看到他發狂的，他本來是一個十分文弱的人，但是在發狂的時候，氣力卻大得異乎尋常，而且，他自己對自己的行為，也到了絕不能負責的地步。」

那專家攤了攤手：「不可能的——照我們檢查的結果來說，那是不可能的。」

我苦笑了一下：「大夫，那麼總不成是我和你在開玩笑吧？」

專家又沉吟了一會，才道：「那麼，唯一的可能，便是他在發瘋之前，曾受催眠，催眠者利用他心中對某一事情的恐懼，而造成他暫時的神經活動不受大腦中樞控制，這是唯一的可能了。」

專家的話，令得我的心中，陡地一亮！

在葉家祺的叙述中，我聽出他對於猛哥的話，雖說不信，但恐懼卻是難免，一定是他心中先有了恐懼，而且猛哥和他的父親，又做了一些什麼手腳，是以葉家祺才會間歇地神經失常。

這使我十分憤怒，我認為這些苗人，實在是太可惡了，我走進了病房，將會診的結果，和那位德國專家的見解，講給葉家祺聽。

最後，我道：「家祺，我們快趕回蘇州去，將那兩個傢伙，好好的教訓一頓。」

葉家祺在聽了我的話之後，精神也十分之輕鬆，他興奮地道：「這位德國精神病專家說得對，我雖然不信猛哥的話，可是他的話，卻使我心中時時感到害怕！」

我道：「這就是了，這兩個苗人，我要他們坐幾年牢，再回雲南去！」

我們有說有笑地，在當天就離開了療養院，當天晚上，回到了蘇州，直衝到那家小旅店之中。

可是，到了旅店中一問，今天一早，猛哥和他的父親，已經走了，是伙計送他們上火車南下的。

我一算，他們走了一天，如果我們用飛機追下去的話，那是可以追到他們的，而以葉家的財勢而論，要包一架小飛機，那是輕而易舉之事。

我立時提出了我的意見，可是葉家祺卻猶豫了一下：「這未免小題大做了吧？」

我忙道：「不，只有捉到了他們兩人之後，你心頭的陰影才會去淨！」

葉家祺笑道：「自從聽了那德國醫生的分析之後，我早已沒有什麼心頭的陰影了，你看，我和以前有什麼不同？何必再為那兩個苗人大費手腳？」

我雙手按住了他的肩，仔細地看了他好一會，感到他實在已沒有事了，是以我們一齊大笑了起來。

等到我們一起走進葉家大宅，我和葉家祺一起見到葉老太太時，葉老太太也感到葉家祺和時時發病時不同，她一面向我千恩萬謝，一面又派人去燒香還願。

而接下來的幾日中，我雖然是客人，但是由於我和葉家祺非同尋常的關係，有許多事，下人都走來問我，求我決定，我也儼然以主人的身分，忙着一切。

這場婚禮的鋪排、繁華，實在難以形容，而各種各樣的瑣事之多，也忙得人昏頭轉向，葉家祺一直和常人無異。

葉家的空房子住滿了親戚朋友，我和葉家祺一直住在一間房中。

到了婚禮進行的前一晚，我們直到午夜才睡。

睡了下來之後，我已很疲倦，幾乎立時就要睡着了，可是葉家祺卻突然道：「如果芭珠真下了蠱，那麼，後天早上，我就要死了！」

我陡地一呆，睡意去了一半，我不以為然地道：「家祺，還說這些幹什麼？」

葉家祺以手做枕地躺着，也聽出我的聲音十分緊張，他不禁哈哈笑了起來：「看你，像是比我還緊張，現在我心頭早已沒有絲毫恐懼了！」

我也不禁為我的緊張而感到好笑：「快睡吧，明天人家鬧新房不知要鬧到什麼時候，你還不養足精神來對付麼？」

葉家祺笑了起來，他笑得十分輕鬆，也十分快樂，這是一個新郎應有的心情，尤其他的新娘，是他自己一直十分喜歡的，想起以後，新婚燕爾的旖旎風光，他自然覺得輕鬆快樂了。

他躺了下去，不久便睡着了。

第二天，更是忙得可以，各種各樣的人，潮水一樣地湧了進來。

葉家的大宅，已經夠大了，大到我和葉家祺這兩個天不怕地不怕的小子，在夜晚也不敢亂走，但這時，只見到處是人。

大廳上，通道上，花園的亭子上，所有的地方，可以擺筵的，全都大擺筵席，重要的人物，自然全被安排在大廳之上，有人來就鬧席，穿着整齊號衣的傭人，穿梭也似地在賓客中來往着。

下午吉時，新娘的汽車一到，更是到了婚禮的最高潮，我陪着新郎走了出來，陪着新娘下車的美人兒，一共有三個人之多，她們是新娘的什麼人，我也弄不清楚，只覺得她們全都明艷照人。

婚禮半新不舊，叩頭一律取消，代之以鞠躬，但是一個下午下來，只是鞠躬，也夠新郎和新娘受的了。

到了晚上，燈火通明，人聲喧嘩，吹打之聲，不絕於耳，我幾乎頭都要漲裂了，終於抽了個空，一直來到後花園，大仙祠附近的一株古樹之旁，倚着樹坐了下來。

全宅都是人，只有大仙祠旁邊，十分冷清，我也可以鬆一口氣。

那地方不但十分靜，而且還很黑暗，所謂大仙祠，就是祭狐仙的，那也只不過是小小的一間，可以容兩三個人進去叩頭而已，祠門鎖着，看來十分神秘。

我坐了下來不久，正想趁機打一個瞌睡，因為我知道天色一黑，當那些客人酒足飯飽之後，就會向新娘、新郎「進攻」，而我是早已講好，要盡力「保駕」的。

我閉上了眼，在矇矇矓矓，正要睡去之際，忽然聽得有腳步聲傳了過來，我立過時睜大了眼睛，只見黑暗中，有一個女子，慢慢向前走來。

我吃了一驚，可笑的是，我的第一個反應，竟認為那是狐仙顯聖來了，因為狐仙多是幻成女子顯聖的。

但是，等到那女子來到了我面前之際，我自己也覺得好笑，那是葉家敏，而她顯然也不知道我在這裏，只是自顧自地向前走來。

我心想，如果這時，我一出聲，那定然會將葉家敏嚇上一大跳的，是以我沒有出聲。

我貼着樹幹而坐，而且，樹下枝葉掩遮，連星月微光也遮去，更是黑暗，葉家敏就在我的身前經過，也沒有看到我。

我一見她時不出聲，是怕她吃驚，但是等到她在我的身前走了過去之後，我卻生出了極大的好奇心。

我心想：她家正逢着那麼大的喜事，她不去湊熱鬧，卻偷偷地走來這裏做什麼？

我又想到，我第一天才到的時候，葉家敏曾約我到西園去和她見面，結果她被四阿姨追了回去，我並沒有見着她。而事後，我好幾次向她詢問，她約我到西園去是為了什麼，但是她卻支吾其詞，並沒有回答我。

少女的心思，本就是最善變的，是以我也沒有放在心上。但這時，我卻覺得她的態度十分可疑。

我隨着她的去向，看她究竟來做什麼。

只見她來到了大仙祠的外面，便停了下來，也不推門進去，卻撲在門上，哭了起來。

這更令我吃驚了，今天是她哥哥的結婚日子，她何以躲到那麼冷僻的角落，哭了起來？

她一直哭着，足足哭了十分鐘，我的睡意，已全給她哭走了，才聽得她漸漸止住了哭聲，卻抽噎着自言自語道：「為什麼要這樣？為什麼要這樣？」

我實在忍不住了，站了起來：「家敏，你在做什麼啊？」

我突然站起，和突然出聲，顯然使葉家敏蒙受極大的驚嚇，她的身子陡地向後一撞，撞開了大仙祠的門，跌了進去。

我連忙趕了過去，大仙祠是點着長明燈的，在幽暗的燈火照耀之下，我看到葉家敏滿面淚痕，神色蒼白地跌倒在地上。

我連忙將她扶了起來，抱歉地道：「家敏，我嚇着你了，是不？」

葉家敏看到是我，又「哇」地一聲，哭了起來。我忙道：「你已經長大了，怎麼還動不動就哭？」

葉家敏抬起頭來，道：「衛家阿哥，大哥……大哥他……就要死了，所以我心中難過。」

我連忙道：「別胡説，今天是他的好日子，你這話給四阿姨聽到了，她要不准你見人了！」

葉家敏抹着眼淚，她十分認真地道：「是真的，衛家阿哥，那是真的，大哥的事，我早已知道了，在你剛到的那一天，我就想告訴你了，你們以為他已經好了，但是我卻知道他是逃不過去的。」

我聽得又是吃驚，又是好笑：「你怎知道？你知道些什麼？」

葉家敏正色道：「我知道了，因為我見到了芭珠。」

一聽到了芭珠這兩個字，我不覺整個人都跳了起來。那證明她真的是什麼都知道了，不然，她何以講得出「芭珠」的名字來？

而也知道了一切，當然也是芭珠告訴她的。

我立即又想到，芭珠只是一個苗女，沒有什麼法律觀念，她會不會在葉家祺的婚禮之夜，前來生事，甚至謀殺葉家祺呢？

我一想及此，更覺得事情非同小可，不禁機伶伶地打了一個寒戰，忙道：「家敏，你是在哪裏見到她的？告訴我，快告訴我！」

葉家敏道：「早一個月，我上學時遇到一個十分美麗的女郎，那女郎就是芭珠，她將一切全告訴了我，她在識了大哥之後才學漢語，現在講得十分好，她說，大哥若和別的女子結婚，一定會在第二天早上，死於非命的。」

我沉聲道：「你相信麼？」

葉家敏毫不猶豫道：「我相信。」

我又道：「為什麼你相信？」

葉家敏呆了一呆：「我也說不上為什麼來，或許是芭珠講話的那種神情，我相信她說的每一句全是真話，她要我勸大哥，但是我向大哥一開口，就被大哥擋了回去。她又說，她的父親和哥哥也來了，可是自然也勸不動大哥，衛家阿哥，你為什麼也不勸勸他？」

我搖頭道：「家敏，你告訴我，她在哪裏？世上不會有法術可以使人在預言下死去，除非她準備殺害那被她預言要死的人。」

葉家敏吃驚地望着我，道：「你這話是什麼意思？」

我道：「那還用說麼？如果你大哥會死，那麼她一定就是兇手，快告訴我，她在哪裏？」

葉家敏呆了半晌：「她住在閶門外，我們家的馬房中，是我帶她去的，馬房的旁邊，有一列早已沒有人住的房子——」

我不等她講完，便道：「我知道了，你快回去，切不可露出驚惶之色，我去找她！」

葉家敏望着我：「你去找她，那有什麼用？」

我立時道：「至少，我可以不讓她胡來，不讓她生事！」

葉家敏低下頭去：「可是她說，她不必生事，早在大哥離開她的時候，她已經下了蠱，大哥一定逃不過她的掌握。」

我笑了起來，可是我卻發現我的笑聲，十分勉強。然而我還是道：「你別阻止我，也別將我去找她講給人家聽，我相信只要我去找她，那一定可以使你大哥大事化小，小事化無。」

葉家敏幽幽地嘆了一口氣，點了點頭。

我和她一起向外走去，到了有人的地方，就分了手，我又叮囑了她幾句，然後，我來到廚房中。這時，最忙碌的人就是廚子了。

廚房中人川流往來，我擠了進去，也沒有人注意，我穿過了廚房，從後面的小門走了出去，出了門之後不久，我就到了街上，攔了一輛馬車，直向閶門外的葉家馬房而去，那輛馬車的馬夫，聽說我要到葉家馬房去，面上現出十分驚恐的神色來。

我知道他所以驚恐的理由，是因為那一帶，實在太荒涼了。

所以我道：「你什麼時候不敢向前去了，只管停車，不要緊的。」

車夫大喜，趕着車，一直向閶門而去，出了城門不久，他就停了下來，我只得步行前去，愈向前去，愈是荒涼，當我終於來到了那一列鄰近葉家的屋子之際，天色似乎格外來得黑。

所以，當我向前望去的時候，我只看到黑壓壓的一排房屋，一點亮光也沒有，陰森得連我心頭，也不禁生出了一股寒意來。

我漸漸地接近那一排屋子，我不知道芭珠在其中的哪一間，我想了一想，便叫道：「芭珠！芭珠！」

我叫了好幾聲，可是當我的聲音靜了下來之後，四周圍實在靜得出奇，我心中的寒意，也愈來愈甚，我大聲咳嗽了幾聲，壯了壯膽，又道：「芭珠？你在麼？是家敏叫我來的。」

果然，我那句話才一出口，便聽得身後，突然傳來了一個幽幽的聲音，道：「你是誰？」

那聲音突如其來地自我身後傳來，實是令我嚇了老大一跳，我連忙轉過身來。

恰好在這時，烏雲移動，月光露了出來，我看了芭珠，看到了在月光下的芭珠。

當時，我實在無法知道我呆了多久，我是真正地呆住了，從看到她之後，一直到現在，我還未曾看到過比她更美的女子。

她的美麗，是別具一格的，她顯然穿着葉家敏的衣服，她的臉色十分蒼白，看來像是一塊白玉，她的臉型，如同夢境一樣，使人看了之後，彷彿自己置身在夢幻之中，而可以將自己心頭所蘊藏着的一切秘密，一切感情，向她傾吐。

如果說我一見到了她，便對她生出了一股強烈的愛意，那也絕不為過。而且，我心中也不住地在罵着葉家祺，葉家祺是一個什麼樣的傻瓜！

也就在這一刻起，我才知道我和葉家祺雖然如此投機，但是我們卻有着根本上的不同。他可以忍心離開像芭珠那樣的女郎，我自信為了芭珠，可以犧牲一切——如果芭珠對我的感情，如她對待葉家祺一樣的話。

過了好久好久，我才用幾乎自己也聽不到的聲音道：「你，芭珠？」

我從來也不是講話這樣細聲細氣的人，但是這時，似乎有一種十分神奇的力量，使我不能大聲講話。

她也開口了，她的聲音，美妙得使人難以形容，她道：「我，芭珠。」

我幾乎忘了我來見她是為什麼的了，我本以為她可能是兇手，所以才趕來阻止她行兇的，但事實上，她卻是這樣仙子也似的一個人！

我又道：「我是葉家祺的好朋友。」

一聽到葉家祺的名字，她的眼睛中，立時現出了一種異樣的光彩來。

我不能斷定她眼中的那種光彩，是由於她高興，還是因為傷心而出現的淚光。

我忙又道：「芭珠，別傷心。」

我也不知道我何以忽然會講出這樣一句話來的，而那時，我實在變得十分笨拙，連講出話來，也變得莫名其妙。

經我一說，芭珠的淚珠，大顆大顆地湧了出來，我更顯得手足無措，我想叫她不要哭，可是我卻知道她為什麼要哭，是以我的舌頭像是打了結，張大了口，卻是一句話也說不出。她顯然不想在一個陌生人的面前哭泣，是以她急急地抹着眼淚，可是她雖然不斷地抹着，淚水卻還是一樣地湧了出來。

這時候，我又說了一句氣得我自己在一講出口之後想打自己耳光的傻話，我竟道：「你別抹眼淚，我……我喜歡看你流淚。」

可是，竟想不到的是，我的這句話，使得她奇怪地望着我，她的淚水漸漸止住了。

我大大地鬆了一口氣，她又問道：「你……家敏叫你來找我做什麼？」

她雲南口音的漢語，說來還十分生硬，但是在我聽了之後，只是攤了攤手，竟只是滑稽地笑了一下，事後我想起來，幸而芭珠沒有看過馬戲，不然，她一定會以為我是一個小丑。

她嘆了一口氣，低下頭去：「是不是家敏怕我一個人冷清，叫你來陪我的？」

叫一個陌生男人去陪一個從未見過面的女子，這種事情自然情理所無。但這時芭珠已替我找到了我來看她的理由，我自然求之不得，大點其頭。芭珠又呆了半晌，才慢慢地向外走開了兩步，幽幽地道：「他……他的新娘美麗麼？」

我道：「新娘很美，可是比起你來，你卻是……你卻是……」

我不是第一次面對一個美麗的女子，而我以往，在面對着一個美麗的女子之際，我總可以找到適當的形容詞來稱讚對方的美麗。

但是這時，我卻想不出適當的形容詞，我腦中湧上來的那一堆詞句，什麼「天上的仙女」啊，「純潔的百合花」啊，全都成了廢物，仙女和百合花比得上芭珠麼？不能，一千個不能！

她等了我好一會，見我講不出來，便接了上去：「可是我卻被他忘了，可憐的新娘，我……不是有心要害她，而且，她有一個負心的丈夫，還是寧願沒有丈夫的好。」

我尷尬地笑着：「你這樣說，是什麼意思？」

芭珠一字一頓地說着，奇怪的是，她的聲音，竟是異常平靜，她道：「因為明天太陽一升起，他，就要死了，因為他離開了我。」

我感到一股極度的寒氣，因為芭珠說得實在太認真了，而且，她在講這句話的時候，她眼中的那種神色，令我畢生難忘。

這種眼神，令得我心頭震動，令得我也相信，她的確有一種神奇的力量懲罰葉家祺，而這種懲罰便是死亡！

我呆了好一會兒：「他……一定要死麼？」

芭珠緩緩地道：「除非他拋下他的新娘，來到我的身邊，但是，他會麼？」

這時，我才一見到芭珠時，那種如夢似幻的感覺，已然不再那麼強烈了，我也想起了我來見她的目的，是為了葉家祺。

而這時候，我又聽得她如此説，是以我忙問道：「那麼，你是説，你可以挽救他，令他不死？」

然而，芭珠聽了我的話之後，卻又搖了搖頭。

這實在令我感到迷惑了，我忙道：「那麼是怎麼一回事？你對他下了蠱——？」

「是的，」芭珠回答：「我下的是心蠱，只有他自己能救自己，當他的心向着我的時候，他絕不會有事，但是當他的心背棄了我，他就一定會死。」

「那太荒謬！」我禁不住高聲呼叫。

「你們不明白，除了我們自己之外，所有人都不明白，但是那的的確確是事實。」芭珠仍幽幽地説着。

我竭力使自己冷靜，芭珠的話，本來是無法令人相信的，因為那太荒謬了。

但是，正如葉家祺所説，芭珠説話的那種語氣、神態，卻有一種極強的感染力，使人將根本不可能的事，信以為真。

我呆了片刻，才道：「那麼，什麼叫蠱，蠱究竟是什麼東西，你可以告訴我麼？」

芭珠睜大了眼睛望着我，過了一會，才道：「我不知怎麼説才好。」

我並不以為她是在敷衍我，或是不肯講給我聽。正如她所説，她是不知如何才好，她或許不能用漢語將意思表達出來，或許那根本是不能用語言來表達的一件事。

但是，我還是問道：「那麼，照你的説法，你下了蠱，是不是，表示你將一些什麼東西，放進了葉家祺的體內，是不是？」

芭珠皺起了眉：「可以説是，但也可以説不是，我只不過將一些東西給他看一看，給他聞一聞，那就已經完成了。」

我忙道：「你給他看的是什麼？可以也給我看一看麼？讓我也見識見識。」

芭珠揚起臉來望着我：「可以的，但是你看到了之後，或是聞到了之後，你也被我下了『心蠱』了。」

我不禁感到一股寒意，一時之間，很想收回我剛才的那個請求。

但芭珠接着又道：「你從此之後，就絕不能對你所愛的人變心，更不能拋棄你曾經愛過的人，去和別的女子結婚，不然，你就會死的。」

我聽得她這樣講，心中反倒定下來，因為我自信我不愛一個女子則已，如果愛的話，那我的愛心，一定不會變。

我於是笑道：「給我看。」

她又望了我一會，嘆了一口氣：「你跟我來。」

她轉身走去，我跟在她的後面，不一會，便走進了一間十分破敗的屋子中，那屋子中點着一盞燈火如豆的菜油燈，地上，放着一張毯子，和一隻小小的藤箱。

芭珠蹲下去，打開了那隻藤箱，就着黯淡的燈光，我看到那隻藤箱之中，全是大大小小，形狀不同的竹絲編成的盒子。

那些竹盒編得十分精美，而且有很奪目的圖案和顏色，芭珠取出了其中的一隻圓形的盒子來。

那隻盒子，大約有兩寸高，直徑是五寸左右，竹絲已然發紅了，有藍色的圖案，圖案是一個男人和一個女人。芭珠將盒子拿在手中，她的神情，十分莊嚴，她的口中，喃喃地在念着什麼。

她可能是在念着咒語，但是我卻聽不懂，然後，她慢慢地將盒子遞到了我的面前，抬起頭來：「我剛才是在求蠱神保佑你，將來獲得一位稱心如意的愛人，你放心，只要你不變心，它絕對無害。」

我實是難以想象這小竹盒中有什麼神秘的東西，竟可以用一個人心靈上的變化，來操縱一個人的生死，是以我的心中也十分緊張。

芭珠的左手托着竹盒，竹盒離我的鼻尖，只不過五六寸，她的右手慢慢地揚了起來，用一種十分美麗的姿勢，打開了竹盒蓋。

我連忙向竹盒中看去。

當我第一眼看去的時候，我幾乎要放聲大笑了起來，因為竹盒中什麼也沒有，它是空的！

可是，就在我想要揚聲大笑之際，一股濃洌的香味，突然自鼻孔鑽了進來，令得我呆了一呆。接着，我也看清，那盒子並不是空的！

在竹盒的底部，有東西在，而且，那東西還在動，那是有生命的東西！

我實在對這竹盒中的東西無以名之，而在以後的二十年中，我不知請教了多少見識廣的專家，也始終找不出答案來。

那是一團暗紅色的東西，它的形狀，恰好像是一個人的心，它的動作，也正像人心在跳動，而且，它的顏色，在漸漸地轉變，由暗紅而變成鮮紅，看來像是有血要滴出來。

當我看清楚了之後，我立時肯定，那是一種禽鳥的心臟，但是何以這顆禽鳥的心臟，會在那竹盒之中，有生命一樣地跳動着？

由於眼前不可思議的奇景，我的眼睜得老大，幾乎連眨也不眨一下。

接着，我又看到，有兩股十分細的細絲，從裏面慢慢鑽了出來，像是吹笛人笛音之下的蛇一樣，扭着、舞着。我一生之中，從來也未曾見過那麼奇異的景象，我完全呆住了！

大約過了兩分鐘，芭珠將盒蓋蓋上，我的神智，才算是回復了過來。我苦笑了一下：「你剛才給我看的，究竟是什麼？」

芭珠講了一句音節十分古怪的苗語。

我當然聽不懂，又道：「那是什麼意思？」

芭珠向我搖了搖頭：「我不知道如何說才好。」

我用力再嗅了嗅，剛才還在我鼻端的那種異樣的香味，已經消失了。難道，經過了這樣的兩分鐘之後，我以後就不能再對我所愛的女子變心了？

我仍然不怎麼相信，也就在這時，遠處已有雞啼聲傳了過來。

一聽到了雞啼聲，芭珠的身子，突然發起抖來，她的臉色變得難看之極，她望着我：「雞啼了，已經來不及了！」

我知道她是指葉家祺而言的，我道：「雞啼也與他生命有關？」

我的話，並沒有得到回答，她突然哭了起來，她哭得如此之傷心，背對着我，我只看到她的背部，在不斷地抽搐着。

我用盡了我的可能，去勸她不要哭，但是都沒有成功。直到第一線曙光，射進了破屋之中，她才止住哭聲，她的雙眼，十分紅腫。

她低聲道：「你可以回去了，你的好朋友，他，他已經死了。」

她的這一句話，倒提醒了我來看她的目的。我來看她，是怕她前去葉宅生事，雖然我一見到了她之後，對她的觀念，有着極大的改變，但是我監視她的目的，總算達到了。

我一直和她在一起，她不能到葉宅去生事。她說葉家祺已死，那可能是她的神經不十分正常之故，我仍然不相信。

是以我點頭道：「好的，我走了，但是我還會來看你的，你最好別亂走。」

芭珠輕輕地嘆着氣，並沒有回答我。

我又呆立着看了她片刻，才轉過身，向外走去，走到了大路上，我就叫住了一輛馬車，回葉家去。當我迎着朝曦，被晨風吹拂着的時候，我有一種這件事已完全解決了的感覺。

芭珠當然是被損害的弱者，如果說她有神奇的力量可以令得損害她的人死去，直到這時，我仍然不相信，這太不可思議。

第六部
可憐的新娘

我在歸途中，只是在想着，我應該用什麼方法，來勸慰芭珠，然後，再送她回家去。

我雖然一夜未睡，但是我卻並不覺得什麼疲倦，我只是催着車夫將車趕得快些。

不需多久，我已到了葉家的門口，我還未曾跳下車來，就覺得情形不對。

我從來也未曾看到過一些人的臉上有着那麼慌亂的神情，我看到許多葉家的男工和車夫，在毫無目的地走進走出。

大門口迎親的大紅燈籠，還一樣地掛着，然而那幾盞大燈籠，在這樣的氣氛之下，卻一點也不給人以喜氣洋洋的感覺。

我呆了一呆，下了車，付了車錢，所有的人，竟沒有一個看到我。

我抓住了老張的衣領，問道：「什麼事？」

可是老張卻驚得呆了，他只是直勾勾地望着我，張大了口，他的舌頭在口中不斷地顫動着，卻是一點聲音也發不出來。

我一連問了幾個人，都是這樣子，我不得不向前衝了進去。

我第一個遇到葉家的人是四阿姨，四阿姨正雙手抱着頭，在團團亂轉。她那種團團亂轉的樣子，看來實在是十分滑稽的。然而那時，我卻一點也笑不出來。

我來到了她的面前，叫道：「四阿姨。」

她的身子陡地一震，站定了再不亂轉，抬起頭向我望來，她一望到是我，雙手便緊緊地抓住了我的手臂，她抓得如此之緊，我感到了疼痛！

我像是已有預感一樣，竟立時問道：「家祺怎樣了？他怎樣了？」

四阿姨的身子發着抖，她要幾經掙扎着，才講出了三個字來：「他……他死了！」

我猛地掙脱了她，向葉家祺的新房奔去，我相信我那時的神態，比起別人來，一定好不多少。我事後甚至無法回憶起我是怎樣奔出那一段路的，我只記得，我跌過不止一跤。

而當我來到新房門前時，我又看到了呆立在門前的葉財神。

葉財神是一個非常之胖的大胖子。這時，他仍然十分胖，但是他的樣子，就像是漏了三分之一空氣的氣球，他臉上的肥肉，可怕地蕩了下來，像是一團揉得太稀的麵粉：隨時都可以掉下來。

我也不理會他是我的長輩，因為他就擋在門前，所以我十分粗暴地將他推了開去，同時，我一腳踢開了門。

新房中沒有人，牀上則顯然還躺着一個人，只不過那人的全身都被被子蓋着。

我兩步跨到了牀前，揭開了被子。

我看到了葉家祺！

沒有人會懷疑他是不是一個死人，他可以說是我在許久許久以後，所看到的死人之中，死得最可怖，最令人心悸的一個。

他的雙眼，可怕地向外突着，七孔流血，面色青紫，有點像一氧化碳中毒而死的人的那種情形，他的全身都呈蜷縮之狀，我在一看之下，立時向後不斷地退了出去，我撞在葉財神的身上，葉財神那時，身子已坐在地上。

而當我俯身去看葉財神時，發現他也死了！

葉家父子在一日之間一齊暴斃。葉財神之死，醫生裁定是腦溢血。然而，葉家祺是怎麼死的，醫生卻說不出所以然來。

葉財神死了，葉家祺死了，四阿姨和葉老太太沒有了主意，葉家敏年輕還小，新娘子回娘家去了，一切主持喪務的責任，全落到了我的身上。

我先說服了葉老太太，堅決堅持要對葉家祺的屍體，進行解剖。

現在，再來敘述那幾天中的煩亂，是沒有意思的，屍體解剖是在葉老太爺落葬之後進行的，我也在解剖室之中，而進行解剖的醫生，都是第一流的專家和法醫。

解剖足足進行了六個小時，等到七八位專家滿頭大汗地除下口罩，走出解剖室的時候，他們的臉上都出現了不可思議的，一種極之怪異的神色來！

他們退到了會議室中，但是卻沒有人出聲，我忙問道：「怎樣了？各位可有什麼發現？他是怎麼死的，致死的原因是什麼？你們怎麼全不出聲？」

我對這些專家的態度，可以說是十分不禮貌。

但是，他們之中，有好幾位是我父親的好友，別的也全是這幾位舉薦來的，而他們這時所表現的沉默，也的確令人心焦，是以我想，我的反常態度，一定是可以獲得他們的原諒。終於，有人出聲了。

出聲的是一位滿頭紅髮的德國醫生，他用聽來十分平靜的聲音道：「毫無疑問，他是死於嚴重的心臟病，和嚴重的心臟血管栓塞，自然致死。」

我幾乎要直跳了起來。

但是，在我的反駁還未曾開始時，那德國醫生已經先說了，他說的正是我要責問他的事，他道：「可是，我們看過他生前的一切有關健康的紀錄——」

我高叫道：「他是一個十分健康的人，他壯健如牛！」

那德國醫生立時表示同意：「你說得不錯，從他心臟受損害的情形來看，他存在着心臟病，至少也應該有十年以上的歷史了，但事情卻不是那樣！」

另一個專家接了口：「事實上他的心臟，絕無問題，造成他心臟的損害，似乎是一夜之間形成的，而何以一夜之間，會使他從一個健康的人變成了病者呢——」

我大聲問道：「為什麼？你說，是為了什麼啊？」

那位專家抱歉似地看了我一眼，道：「很抱歉，年輕人，我只能說，我們只能說，不知道，不知道是為了什麼，現在醫學的水準，還是太低了！」

不知道，不知道為了什麼，這就是屍體解剖後得到的唯一答案了，葉家祺的死因獲得肯定，但何以會有這個死因，十餘個專家的答就是「不知道」！

我當時真想大聲告訴他們，我知道，我知道葉家祺為什麼死：他中了蠱，但是我只是嘴唇掀動着，卻一個字也未曾講出來，因為那實在太滑稽了，我就算講了出來，會有人相信我所說的話麼？

我默默地退出了休息室。

別以為我忘記了芭珠，在出事之後一小時，我就曾叫葉家敏快點去找芭珠，但是家敏回來告訴我，芭珠已經不在了，她顯然在我一走後就離去了。

我也曾自己立即去找過她，可是也沒有結果，而接下來，由於我需要照料喪事，是以無法進一步找她。

而那時，當我從休息室中出來之時，我的心中已有了決定，我要去找芭珠，葉家祺是死在她手中的，她如此美麗，然而，她卻是一個美麗的女兇手！

雖然，在現代法律上的觀點而論，我對芭珠的控訴，一點根據也沒有，事實上，當晚芭珠和我在一起，而葉家祺之死的死因也是肯定的，而且，也不會有什麼法官和陪審員，會相信有「蠱」這件事。

然而，我還是要去找芭珠。

我不以為葉家祺拋棄芭珠的行為是正當的，但是，我也以為葉家祺絕不應該受到死的懲罰，而且，因為葉家祺之死，多少人受了害，葉財神甚至當場因為驚恐交集而腦溢血死去了，我已經下定決心，要揭露那所謂「蠱」的秘密，使它不能再害人！

我回到了葉宅，向葉老太太，四阿姨等人，報告了解剖的結果，我當然加了一些謊言進去，我說葉家祺是早有嚴重的心臟病的，只不過並沒有檢查出來，新婚使他興奮，也使他的心臟病發作云云。

我的話，其實並不能使他們的傷心減輕些，我告辭出來，我決定去看一看王小姐——本來她應該是葉家祺的新婚太太，但現在卻只好如此稱呼她。

我之所以要去見她，是因為她是當晚和葉家祺在一起的唯一的人，而且，葉家祺的死亡，也是她第一個發現的，所以我要知道葉家祺死前的情形，要必須找她。

我的造訪，使王家的人，感到十分之尷尬和難以處理。這可以想像，他們是有名望的人家，女兒嫁出去一夜，新郎便突然死了，他們女兒的地位如何呢？

我想，他們在商量是不是讓王小姐來見我，花費了很多時間，以至我在豪華的客廳中等候了許久。

然後，王家的一個人（我不知道他的身分）出來，十分客氣地請我進去，我在一間十分精緻，一望而知是女子的書房中，又等了片刻。然後，我才看到那位不幸的王小姐，走了進來。

王小姐是典型的蘇州美人，十分白皙，而這時候，她臉色蒼白得可怕，我站了起來，道：「王小姐，請原諒我冒昧來訪。」

她聲音低沉，道：「請坐。」

我坐下來，她在我的對面坐下，看她的樣子，像是勉強想在她蒼白的臉上，維持一個禮貌的微笑，但是，卻在所不能，她略略偏過頭去：「你是家祺的好朋友，我聽他講過你好幾次了。」

我在想着，我應該如何開口才好。但是，我發現不論我的措詞如何好法，我都不能避免引起她的傷心，是以我決定還是直截了當地照直說的好。

我咳嗽了一下：「王小姐，我要請你原諒我，因為又要你想起你絕不願意再想起的事情來，那實在十分抱歉。」

她苦笑着，緩緩地搖了搖頭：「不要緊的，你說好了。」

我又頓了一頓，才道：「王小姐，我們都是受過高等教育的人，家祺的死亡，實在來得太突然了，所以我必須追查原因，我是他最好的朋友，所以我請你告訴我他臨死時的情形。」

王小姐的眼圈紅了，她呆呆地坐着，由於她是如此之蒼白，以至在那一剎間，她看來實在像是一尊大理石的雕像。

過了很久，她才道：「那天晚上，等到所有鬧新房的人離去之後，已經是五點左右了，他……他的精神似乎還十分好，我……我……」

她停了一停，我也十分諒解她的心情，她遭受了如此巨變，我還要她再詳細叙述新婚之夜的情形，這實在殘酷一點。

是以我忙道：「你只對我說說他臨死前的情形好了。」

王小姐低着頭，又過了半晌，她才道：「那是突如其來的，那時，天也已快亮了，我疲倦得睜不開眼來，家祺還像是在對我說着一些什麼——」

她講到這裏，略停了一停，又長長地嘆了一口氣。

我並沒有催她，只是等着，又過了好一會，王小姐才道：「我在矇矓中，好像聽到了雞啼聲，我知道天快亮了，那時，我只想能多睡一會，我太倦了。可是，我卻沒有睡着，因為家祺在那時，竟然尖叫了起來。」

王小姐講到這裏，她蒼白的臉上，更出現了駭然之極的神色來，她續道：「我……自然被他的尖叫聲弄醒了，我想埋怨他幾句，但是我……我……」

她站了起來，雙手無力地揮動着，大約是回想起那時的情景來，令得她太吃驚，是以她才會有那樣失常的行動的，她的身子，像是要跌倒。

她的聲音開始變得哽咽了：「我向他看去，他在叫着，雙手緊緊地抓住了胸口，他的眼睛，像是要從眼眶中跳出來一樣，他不住地喘着氣。」

王小姐苦笑了一聲，又道：「他的叫聲，終於驚動了別人，幾個男工衝進房來，家祺站了起來，他的樣子，將幾個男工嚇得退了出去，而他自己，也站立不穩，倒在地上，就這樣，他……死去了。」

我沉默了片刻：「王小姐，他死前沒有說什麼？」

王小姐道：「有的，他說：『原來是真的！』說了兩遍。」

王小姐立時抬起頭來望着我，道：「衛先生，你是他的好朋友，你可知他連說了兩遍『原來是真的』，那是什麼意思，什麼『原來是真的』？」

這件事，如果要說的話，那實在是太長篇大論，而且，我也根本不準備將事實告訴任何人，包括王小姐在內，是以我只是道：「我不知道，或許他一直不信自己有心臟病，直到這時，他才相信。」

王小姐沒有說什麼，只是低着頭，啜泣着，我心中十分難過，如果說芭珠是一個受傷害的女子，那麼我以為王小姐所受到的傷害，實在更進一步。

我默默地站了起來，走到她的身邊，站了好一會。

然後，我才道：「很抱歉，我不能給你任何安慰，但是請你相信我，我極度同情你，謝謝你肯見我，我想應該是我告辭的時候了。」

王小姐有禮貌地站起身來：「謝謝你來探望我。」

我告辭而出，我和王小姐的見面，可以說一點收穫也沒有，如果勉強要說有的話，那就是當時家祺開始大叫的時候，正是第一次雄雞高啼的那時刻。

而那時刻，我正和芭珠在一起，芭珠也曾於那時流淚，說葉家祺已然遭了不幸，這只證明一點：葉家祺的死芭珠的確預知，而且，是她所一手造成。

當然，芭珠是不會承認這一點的，根據她的說法，葉家祺是自己殺了自己，因為葉家祺若不是變心的話，他就絕不會死，一定還十分健康地活着。為什麼一個人變心之時，便突然會死亡呢？為什麼？

我一定要弄清楚這個謎，是以，我要到葉家祺遇見芭珠的地方去找她的決心更堅定了，我一定要去會見那一族有着如此神奇能力的苗人，弄明白他們那種神奇能力的來源，以及弄明白科學是不是可以解釋這些事！那是我一定要做到的事情。

在這兒，我要附帶說一說有關王小姐的一些事。

葉家祺父子之死，不但對王小姐一個人，是一個極大的打擊，而且，對王小姐的一家人來說，也全是一項極其嚴重的大打擊，他們無法再在蘇州住下去了。

是以，王小姐的父母，便開始以極賤的價格，變賣他們一切的不動產，集中了一大筆現款，舉家遷離了蘇州，他們離開了中國，但是卻沒有人知道他們究竟到了什麼地方定居了，我後來查訪了許多人，只知道他們離開國境之後，第一站是香港。

在香港之後，有人在日本看到過他們，再接着，他們到什麼地方去，再沒有人知道，他們可能在南美洲的某一個國家中，與世隔絕地生活着。

不幸的遭遇，有時也可以轉變為幸事的，因為在他們離開了一年之後，整個中國大陸，便起了天翻地覆的變化，許多和王家一樣的家庭，因為社會制度的改變，而被無情地打擊得飄零四散，家破人亡。

比較起來，王家能及早離開，那自然又是幸運的了。

當時，我在離開了王家之後，仍然回到了葉家，又住了好幾天，一直等到葉老太太的一位兄弟，從南洋趕了回來，接管家事，我才向他們告辭。

而在那幾天中，我每看到了葉家敏的時候，我的眼光絕不敢與她接觸，因為這件事的始末，她也知道，而且，她早已相信了，而我卻不信。

第七部

# 河上的葬禮

固然，我信不信，於事無補，就算早已深信，也沒有這個力量，可以勸葉家祺回到芭珠的懷抱中去，但是我卻總有做錯了什麼的感覺。

直到我要離去了，我才找個機會和家敏單獨在一起。

當家敏聽到我要到雲南去的時候，她哭了起來：「你為什麼要到那麼可怕的地方？為什麼要去？」

我悵然地回答：「我也不知道我為什麼一定要去，但是我卻知道一點：我實在是非去不可。家敏，你一定會明白我心情的，我實在非去不可！」

葉家敏哭了好一會，才緩緩地點頭道：「我明白。」

我苦笑了一下：「那麼，你別對任何人說起。」

葉家敏點了點頭，她忽然握住了我的手，望了我好一會，然後道：「衛家阿哥，如果你在那裏，也愛上了一個苗女的話，那麼，你千萬不要變心！」

她是囑咐得如此一本正經，我自然也笑不出來。

我道：「我明白了，我會寫信給你，我會將我的發展，逐點告訴你的。」——

然而，我卻並沒有實現我的諾言，我一封信也不曾寄過給她，一封也沒有。

而當時，我和葉家敏分手的時候，我們兩人，誰都未曾想到，我們這一分手，竟會再也不曾見過面。

在我和葉家敏告別之後的第二天，我離開了蘇州。

半個月之後，我使用了各種各樣的交通工具，終於來到了葉家祺到過的那條河邊，並且，還找到了他們曾駐足的那一個苗砦，和他們當時所住的房子。

那是一個十分神奇的地方，那條河十分寬，但是河水卻十分平靜，而且清澈得出奇，芭蕉和榕樹，在岸邊密密層層地生長着，各種各樣羽毛美麗得令你一見便畢生難忘的鳥兒，根本不怕人，而且不論什麼花朵，在這裏也顯得分外地大。

那真是一個奇異而美妙的地方，如果人間有仙境的話，那麼這地方實在就是仙境了。

我之所以覺得那地方像仙境，不但是由於那地方的風光好，而且，還由於那地方的那種特有的平靜，在人和人之間，根本不必提防什麼。

當時的苗人，可以說是全世界最淳樸，最肯助人，和最有道德觀念的人，（雖然他們有些道德觀念，在我們看來是可笑和愚蠢的），他們可以說是完人。

我就在葉家祺曾住過的那間屋中住下來，我向這個砦中的苗人，打聽葉家祺提到的那一族苗人的事情。可是接連幾天，我在他們口中，卻什麼消息也得不到。

這些苗人，他們肯告訴你任何事情，但就是不肯和你談起那一族善於施蠱的蠱苗。

而且，當你提起蠱的時候，他們也絕不會巧妙地顧左右而言他，他們只是在突然之間停止講話，然後用驚恐的眼神望定了你，使你感到毛骨悚然。

我在苗人的口中，問不出什麼之後，就決定自己去尋找。那是一個月圓之夜，我划着一隻獨木舟，慢慢地向河的上游划去，我相信那正是葉家祺經過的途徑。

當我的獨木舟，划出了半里許的時候，突然在身後，有人大叫我，我回過頭去時，看到有兩隻獨木舟，正以極高的速度，向我追了過來，追來的獨木舟，是由四個人划着的，而在舟上，另有兩個老者。

他們很快地追上了我，那兩個老者伸手抓住了我的獨木舟，道：「先生，你不能去，連我們都不敢去的地方，你絕不能去的，你是我們的客人，你不能去！」

我在來的時候，曾經路過昆明，一個父執知道我要到苗區去，曾勸我帶多些禮物去送人，而我接受了他的勸告，所以我很快便得到了苗人們的友誼。

這時，那兩個老者，的確是感到我再向前去，便會有意想不到的危險，是以才趕來警告我的。我當然十分感激他們，但是我卻也不能接受他們的意見。

我只是笑着：「你們別緊張，我想不要緊的，我認識猛哥，也認識芭珠，我更認識他們的父親，我像一個朋友那樣去探望他們，不要緊！」

那幾個苗人，一聽到我提起了「猛哥」、「芭珠」這兩個人的名字，面色便變得難看之極，那兩個老者也鬆開了手，其中一個道：「你千萬要小心，別愛上他們族中的任何少女，那你或者還有出來的希望！」

我道：「謝謝你們，我一定會小心的。」

那兩個老者，這才又依依不捨地和我告別。有了他們這一番警告，我的行動自然更加小心，我一直向上游划去，夜愈來愈深，月色也愈來愈皎潔，河面上十分平靜，直到我聽到了那一陣歌聲。

那毫無疑問是哀歌聲，它哀切得使人的鼻子發酸！

我那時心情不好，但是也決不至於傷心流淚。可是，在我聽到了那一陣哀歌聲之後，我卻不由自主間，鼻子發酸，落下淚來。

我仍然向前划着，而哀歌聲聽來也漸漸地真切。

那實在不是在唱歌，而是有許多人在肝腸寸斷地痛哭，令得人聽了，不得不陪着來哭，我抹了幾次眼淚，我將獨木舟划得更快，向上游用力划去。

這時，已經是午夜，那夜恰好是月圓之夜，等到我的獨木舟，轉過了一片山崖之後，我已然可以看到河面上出現的奇景，我首先看到一片火光，接着，我看到了一隻十分大的木筏，足有廿尺見方。

在那木筏上，大約有七八十人，每一個人都唱着，用手掩着面，而在每一個人的身邊，都插着一個火把，所以我可以清楚地看到他們哀痛欲絕的神情。

在木筏的中央，有四個少女，頭上戴着一種雪也似白的花所織成的花環，她們正在唱着歌，她們一面唱歌，一面流着淚，而在她們的腳下，則躺着另一個女子，那女子躺在木筏上，一動也不動的，像是在沉睡。

木筏停在河中央不動，因為有四股長藤，繫住了岸上的石角，而當我的獨木舟，愈划愈近之際，木筏上幾乎沒有一個人注意到我在向他們接近。

當我來到離木筏只有十來尺之際，我已經看清，那躺在四個少女中間的女子，正是芭珠，芭珠的身子，蓋滿了各種各樣的鮮花，只有臉露在外面。

她的臉色，在月色下看來，簡直就是一塊毫無瑕疵的白玉，她閉着眼，她的那樣子，使人一看，就知道她已經離開人世，我的眼淚，立時便滾滾而下，那是我真的想哭，所以才會這樣流淚的。

我一面哭着，一面將獨木舟向木筏靠去，一直等到上了木筏，才有人向我看了一眼，向我望來的，正是猛哥，猛哥一看到了我，略怔一怔，想過來扶我。

但是，我卻用力一揮手，近乎粗暴地將他推了開去。

我像是着了迷一樣，又像是飲醉了酒，我直來到了芭珠的面前，然後，連我自己也不知道是怎樣開始的，我和着那四個少女的歌聲，也開始唱了起來。

本來，只是那四個少女在唱着哀歌，突然加進了我這個男人嘶啞的聲音之後，哀歌的聲音，聽來更是令人弦震地哀切，所有的人，也哭得更傷心了。

我唱了許久，然後，伏下身來，我用手指輕輕地撥開了芭珠額前的頭髮，在月色下看來，芭珠就像是在熟睡，像美麗得如同童話中的睡美人。

而如果我的一吻可以令得她醒來的話，我一定會毫不猶豫地去吻她的，但是，她卻是不會醒的了。

而且，她是被我最好的朋友所遺棄的人，我心中的感情，實在很難形容。

我並不是一個好哭的人，然而，我的淚水卻不住地落下，滴在她的臉上，滴在她身上的花朵上，我不知時間之既過，直到第一絲的陽光，代替了月色。

那四個少女的歌聲，才突然地轉得十分柔和起來。

我住了口，不再唱，也不再哭，沉醉在那種歌聲之中。

那種歌聲實在是十分簡單，來來去去，都是那兩三句，可是它卻給人以極其安詳的感覺，令人聽了，覺得一切紛爭，全都歸於過去了，現在，已恢復平靜了。

那四個少女唱了並沒有多久，太陽已然升起，河面之上，映起了萬道金光，那四個少女將芭珠的屍體抬了起來，從木筏上，走到了一艘獨木舟之中。

我還想跟過去，但是猛哥卻一伸手，拉住了我的衣袖。

他用一種十分平靜的聲音道：「謝謝你來參加芭珠的喪禮，但是你不能跟着去，只有聖潔的少女，才能令死者的靈魂，不記得在生時的痛苦，永遠安息。」

直到這時，我從一聽了哀歌聲起，便如着了迷一樣的心神，才恢復了清醒，我急急地問道：「猛哥，告訴我，芭珠為什麼會死的？她可是——」

我本來想問「她可是自殺的」，但是我的話題還未問出口，猛哥已然接上了口：「她是一定要死的。」

我仍然不明白，追問道：「那，算是什麼意思？」

猛哥的聲音，平靜得像是他在叙述一件許多年前的往事，他道：「芭珠用了心蠱，仍然未能使受蠱的人回心轉意，她自然只好在死中求解脱了！」

我用力地搖着頭，因為直到此時，我除非承認「蠱」的神秘力量是一件事實，否則，我仍然不明白一切！

我還沒有再說什麼，猛哥已經回答道：「你該回去了，我們的地方，不適宜你來，為了你自己，為了我們，你該回去了，那全然是我的一番好意。」

我苦笑了一下：「不，我要弄明白蠱是什麼！」

猛哥搖着頭：「你不會明白，因為你根本不相信有這種神奇的力量存在，你就像那個綠眼睛，長金毛的人一樣，他也想明白蠱是什麼，但是他無法明白。」

我忙道：「這個綠眼睛金毛的人，是一個很有名的人物，我至少要見一見他才回去，不然我不走。」

猛哥望了我片刻：「那麼，你可能永遠不走了！」

猛哥的話，令得我心頭陡地出現了一股極度的寒意來。

但我那時，實在太年輕了，年輕人行事，是不考慮結果的。

所以我仍然堅持道：「我要去，猛哥，帶我到你居住的地方去，我絕沒有惡意，你可以相信我！」

猛哥道：「如果你一定要去的話，那麼，你沒有再出來的機會，你必須成為我們的一分子，像那個綠眼金毛的人一樣，永遠在我們處住下去。」

我甚至不會再多考慮，便大聲道：「我完全明白！」

猛哥拗不過我，他嘆了一聲：「好，希望你不要後悔，你要知道，我們實在無意害人，除非有人先想傷害我們，而且，你也看到，芭珠付出的代價何等巨大，我想你會明白。」

我也嘆了一聲：「我明白，我不妨對你說，我並不知道芭珠已經死了，我也不是為了她的喪禮而來的，我來，是為了想弄明白你們那種神奇的力量！」

猛哥用一種十分異樣的眼光望着我，好半晌不出聲。

然後，他才道：「你是可以弄明白的，只要你在這裏一直住下去，我看你可以和那綠眼睛的怪人做朋友，不過他十分蠢，簡直什麼事也不明白！」

我苦笑了一下，我不知道舉世聞名的細菌學的權威平納教授在聽到了對他的這樣評論之後，會有什麼感想，而且我也想知道，平納教授何以會在這裏，是以我立時點頭：「我可以和他做朋友的，只要他也願意和我做朋友。」

猛哥不再說什麼，我和他同上了一艘獨木舟，在我們後面，還有許多獨木舟，一齊向上游划去，在划出不遠之後，正如葉家祺所說那樣，鑽進了一個石縫。

一進那石縫之後，獨木舟被水推動，自動在前進。我的心中十分緊張，因為我立即就要到達一個極其神秘而不可思議的地方了！

在那地方的人，有一種神秘的力量，可以置人於死！

這種可以至人於死的東西叫「蠱」，然而，究竟什麼是「蠱」，卻是科學所沒有法子解釋的，而我，就是要找出這個解釋來。而且，我還相信平納教授，可能已經有了結果，只不過不能脫身而已。

所以，當獨木舟在黑暗中迅速地移動之際，我心中已在盤算着，我應該用什麼方法，帶平納教授離開，好令得「蠱」的秘密，大白於天下，揭穿它神秘的內幕。

但是，在幾小時之後，我就知道我自己的想法，完全錯誤了。那時，我已經進入了那個美麗得像圖畫一樣的山谷，而且，被分配了一間屋子，屋子的底部，是用竹子支起來的，離地大概有七八尺高。

我也見到了猛哥的父親，他叫京版，是整個苗區最權威的蠱師，所謂「苗人」，實在是一種總稱，他們的族類，不下數十族之多，但是每一族，都是奉他們這一族人為神明，絕不敢得罪。

而其他各族的酋長，往往有事來求他們，所求的是什麼事，我也不甚了解，而他們有一個固定接見客人的地方，每一個有事來求的人，都備有極其豐厚的禮物，看到了那些禮物才知道苗區物資之豐富，實在是難以形容，後來有一次，猛哥還曾向我展示過他們的藏金，那全是一大塊一大塊的金塊，足有兩竹簍之多！

這一切，我都約略帶過，不準備詳細敘述，因為那是和整個故事沒有關係。我到了那山谷的第一夜，平納教授在我的屋子中開始和我交談。

平納教授看到了我，我顯得十分興奮，他答應第二天一早，就帶我去看他幾年來苦心建立的實驗室，他又問我這幾年來文明世界種種新的發展情形。

他幾乎不停地在講話，令我難以插得進口，直到天快亮了，我才有機會問他道：「教授，你在這裏住了許多年，究竟什麼是『蠱』，我想你一定明白了？」

平納教授一聽得我這樣問他，立時沉默。

同時，他的面色變得十分難看，過了好一會，他才搖了搖頭，緩緩地道：「這幾年來，我幾乎是一天工作二十小時，致力於研究這件事，可是我也只不過知道蠱有八十三種，而且每一種蠱，都有它們神奇的力量，但它們究竟是什麼，我卻不知道。」

我皺起了眉，平納教授的這個回答，卻是出乎我意料之外的，我呆了片刻，才道：「有一個年輕人，叫葉家祺，曾在這裏住過，你可還記得麼？」

「我記得的，而且我知道，他已經變了心，死了！」

我不由自主，伸手抓住了他的衣服，大聲道：「他為什麼會死的？他的屍體經過解剖，說是因為嚴重的心臟病，但是我卻知道，他一直壯健如牛！」

平納教授嘆了一聲：「他死了，那是由於他變了心，而芭珠是對他下過心蠱的，中了這種蠱的人如果愛上一個女子的話，就絕不能變心，否則，他就會變得瘋狂，而當他又另娶一個女子時，他就會死。」

我大聲道：「這些我全知道，我所要問的是：為什麼會如此？」

# 第八部

# 「蠱」的假設

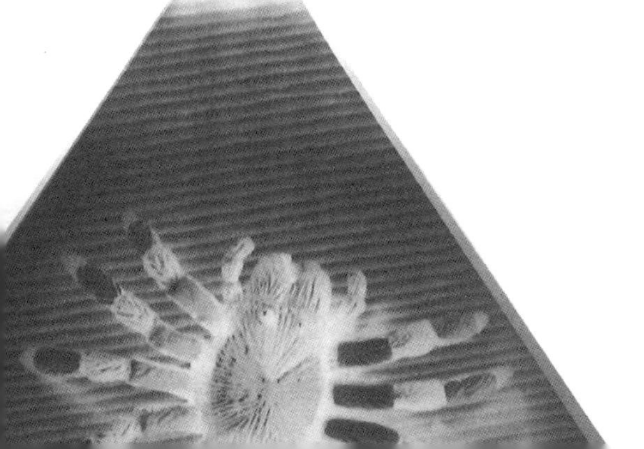

平納教授緩緩道：「年輕人，如果説我這幾年來，一點研究成果也沒有，那也是不確實的，至少我已發現了八十三種新的細菌，是人類所還未曾發現的。」

我忙道：「那麼你的意思是説，所謂『蠱』，只是細菌作祟，它可以看作是一種人為的、慢性的病，是不是可以這樣解釋？蠱的問題就是如此？」

平納教授深沉道：「你這個問題，我實在很難回答，這正像你去問人：數學是什麼？二加二等於四，這是數學，但是微積分，也是數學，細菌在『蠱』中，只不過是一個因素，實際情形，還要複雜得多！」

我苦笑了一下：「芭珠曾經對我下了心蠱，那麼，你的意思是，我的體內，現在有着某一種還未為人所發現的細菌在了？是不是這個意思？」

「可以這樣説。」平納教授回答着：「明天就可以證明給你看了，我已經搜集了八十三種蠱的細菌標本在，明天我抽你的血，在顯微鏡下，或者可以看到你的血中，有着某種細菌，那是科學研究的證明，也或者什麼都沒有。」

我苦笑道：「可是為什麼我現在一點事也沒有？為什麼細菌在我的體內不

會繁殖？為什麼一等我變了心，這些細菌就會置我於死？難道細菌是有思想的麼？」

平納教授道：「細菌當然不會有思想，但是我認為這裏的人，對於人體內最神奇的組織，內分泌部分，有着極其深刻的認識。」

我呆了一呆：「和人體內分泌組織，又有什麼關係？」

平納教授好一會不出聲，陷入沉思之中，他足足呆了五分鐘，才道：「內分泌最神奇，現在的醫學，已知道內分泌可以影響一個人的情緒，反言之，一個人的情緒，也可以影響內分泌。」

我仍然不明白：「那又怎樣？」

「而內分泌又可以促成維生素的生長和死亡，某些人，常常因為內分泌的失常，而陷入永遠的營養不良狀態之中，這種例子，屢見不鮮。」

我有點不耐煩，攤着手：「教授，你仍然未曾觸及事情的中心！」

平納教授嘆了一聲：「你別心急，孩子，我是在企圖使你明白整件事的真相——其實在我的心中，這也只是一個十分模糊的概念而已，所以為了使你明白，我不得不從頭説起。」

我苦笑道：「好，那我不打斷你了，你説到內分泌對人體內的維生素，有着促成或破壞的作用。」

「是的，由這一點看來，內分泌對於人體內的細菌或微小得看不見的病毒，也一定有某種作用，例如説，在某種內分泌加速活動的情形下，對某種細菌或病毒，便有加速繁殖的功效。」

我並沒有打斷教授的話頭，我只是緊皺着眉頭，用心地聽着。

「我假定『蠱』是一種可以置人於死的細菌或病毒，但是這種細菌或病毒，卻只有在某種情形下，才會在人體之內，迅速地繁殖，在極短的時間內置人於死。由於這種細菌或病毒根本是人類還未曾發現的，所以一旦發作，也無從醫治。」

我有點明白平納教授的意思了，所以我不由自主地點了點頭。

平納教授又道：「譬如説，你已經被芭珠下了『心蠱』，某一種細菌或病毒，已在你的體內潛伏着，但只是潛伏而已，直到你對一個女子變了心，你的情緒起了變化，影響到你的內分泌，而內分泌的變化，又使得那種病毒迅速生長，到達最高潮時，你的心臟，便受到嚴重的破壞，看來像是心臟病發作一樣！」

我不斷地深吸着氣，平納教授這幾年來在這裏對「蠱」進行研究，顯然不是白費光陰，因為，他已經對不可思議的「蠱」，提出了科學的解釋。

雖然他的解釋，還只是一種「假設」，但是這種假設，也已有極強的說服力，由此可知，平納教授是世界上第一個研究蠱，而且有了成績的人。

平納教授在停了一會之後，又道：「當然，蠱不止一種，有好幾種蠱的情形，是和『心蠱』相類的，我相信那和內分泌有着不可分割的關係！」

我問道：「那麼，其餘的蠱，又是怎麼一回事呢？」

「其餘的比較簡單，那是一種特殊方法時間控制。下蠱的人，毫無疑問在細菌學方面，有着極其高深而神奇的認識，他們可以算出細菌繁殖的速度，可以精確地算出，從下蠱的時候起，到細菌繁殖到足可以奪去生命的那一段時間，而在那一段時間內，如果你回來了，那麼他們就有解藥，可以使中蠱的人，若無其事。」

我苦笑着：「教授，這是不是太神奇一點了麼？」

平納教授立時同意了我的說法，道：「是的，極之神奇，神奇到了不可思議的地步，但是那卻是事實！」

我們兩人，又好一會不出聲，平納教授才又道：「孩子，現在你明白了麼？我想，我即使再過十年，再下十年工夫，也不見得能提出一個完整的報告。」

我忙道：「事實上，你現在的假設，已經使我不虛此行，我相信葉家祺的確是因為變心，由情緒影響了內分泌，是以才會猝然致死的。」

他拍了拍我的肩頭：「所以，你千萬要小心些。」

我勉強笑了一下：「教授，如果我現在，去進行驗血的話，我當然可以被查出，在我的血中，有着一種不知名的細菌存在於血中的了，是不是？」

平納教授道：「在理論上來說是如此，而事實上，我對你說『細菌』，只不過是為了講述的方便而已，那事實上不是細菌，是極小極小的一種病毒，那幾乎是一種不可捉摸的東西，顯微鏡下也看不見，真不明白他們何以對之有如此深刻的研究！」

我沒有再說什麼，我們兩人，默然相對，後來，又在一種極其迷惘的心情中，睡着了。第二天，平納教授帶我參觀了他的工作，出乎我意料之外，他的工作設備，並不簡陋，而十分完善。

那是他進入苗區之際，已然存心對「蠱」作深入的研究的緣故。而他在進入中國苗區之前，他曾在新加坡停留過一個時期，觀察過三個「怪病人」。

那三個怪病人就是中了蠱的，所以他對「蠱」的概念，早已形成，他自然也是有準備，才進入苗區的。

他給我看八十三種「病毒」中，通過他的顯微鏡，可以拍攝下來的三十多種照片，我並不是這方面的專家，當然看不出什麼名堂來，要他逐個向我解釋。

在他的解釋中，我才知道了在八十三種「蠱」中，「心蠱」還不是最神妙的一種。有的酋長，帶了他的部下來，要求下「叛蠱」，如果他的部下，對他叛變的話，那麼，「蠱毒」就立時發作。

還有一種，是懲罰對神靈不敬的「蠱」，更有一種，是懲罰偷竊的；林林總總，難以盡述，光是時間控制的「蠱」就有好幾十種之多，多到記不清。

而每一種「蠱」的「培養劑」都不同。

大體說來，每一種「蠱」都以一種蟲做它的「培養劑」，有的是蜘蛛，有的是蠍子，還有許多，是見也未曾見過的怪蟲，有一種可以控制時間最久的「蠱」，可以在三年之後發作，它的「培養劑」看來像一片樹葉。

但是那卻不是樹葉，事實上，那是一隻像樹葉的蛾。而且，也不僅是蟲，而且還有各種各樣的動物內臟，例如「心蠱」的「培養劑」，就是一種雀鳥的心。

平納教授也指給我看那種雀鳥，那是一種十分美麗的小鳥，羽毛作寶藍色，鳴叫聲十分動人，若是說那種雀鳥的心臟，可以培殖一種細菌，而這心臟又可以經歷許多年，仍然保持鮮紅色，而那種細菌又可以使人在對情人變心時死去，那麼除非這個人曾和我有同樣的經歷，否則實在無論如何不會相信。

我在那整整的一天中，聽平納教授講解有關「蠱」的一切，如同在做一個噩夢，我只是不斷地苦笑。最後，到了傍晚時分，平納教授才向我提出了一個極之嚴重的問題來：「你不是準備在此長住吧？」

我怔了一怔，然後才回答他道：「當然不，我要走的，而且，我想明天就走，因為我來這裏的目的已達，我已知道『蠱』究竟是怎麼一回事情了！」

平納教授有點悲哀地望着我：「我想你不能夠出去，他們對於他們的秘密，看得十分嚴重，你既然來了，想要出去，就絕不是一件容易的事。」

我不禁呆了半晌，抬頭向外望去，晚霞滿天，整個山谷，全在一種極其異樣的氣氛之中，要翻過山嶺離開這個山谷，幾乎沒有可能，而如果想由唯一的通道出去，那當然不能偷出去，而必須與他們講明才是。

我想了一想：「教授，我想和他們講明，我要離去，他們或者不至於不答應。」

平納教授搖着頭：「你的機會只是千分之一，但是你不妨向他們試講一下——」他講到這裏，突然停了下來，側耳細聽，我也聽到了一陣鼓聲。

那一種鼓聲，十分深沉，一下又一下敲擊着，令人不舒服到了極點，平納教授道：「他們在召集族人了，我看，這次召集的目的，和你有關。」

我道：「那麼，你算不算他們的族人之一呢，你在這裏，已經有好幾年了，難道你還不是他們中的一分子麼？」

平納教授道：「當然不是，在他們眼中，我只是一個綠眼睛，生金毛的怪物，他們也不知道我在這裏做什麼，如果他們知道我的工作，是要將他們的秘密公諸於世的話，那麼，我早已死於非命了！」

這時，鼓聲已漸漸地變得急驟了起來，我看到猛哥在向前走來，猛哥來到了平納教授的工作室的下面，昂起頭叫道：「衛先生，請你下來，我父親要見你。」

我爬下了竹梯，跟着他向前走去，一路上，我好幾次想開口，詢問他我要離開，是不是有此可能，但是他卻只是埋頭疾行，不給我和他講話的機會。

我覺得他是故意躲避着我，難道他已經知道了我的心意？

愈向前去，鼓聲愈是響亮，而天色已經漸漸地黑下來，我看到前面火光閃耀，點燃着幾個十分大的火堆，圍着那堆火，已然坐着不少人。

有一隊「鼓手」，正在蓬蓬地敲着幾面老大的皮鼓。我和猛哥一到，鼓聲便靜了下來，我看到猛哥的父親，用十分莊嚴的步伐，向前走來，走到了最大的一堆火旁，伸手指住了我，大聲講起話來。

他講的話，我一句也聽不懂，我以為他是在對我進行着一項什麼儀式，是以我忙向身邊那猛哥問道：「我應該怎麼樣去配合你父親的動作才好？」

猛哥冷冷地道：「你只要站着，不動，那就足夠了！」

猛哥的態度忽然如此之冷，這使得我不勝訝異，我只好不出聲，而他的父親，一直指住了我，在不斷地說着，他所說的自然是和我有關。

猛哥的父親，足足講了二十分鐘之久，才向我招了招手，我雖然聽不懂他的話，但是他做的手勢我卻是看得懂的，我立時大踏步地向前走去，來到了他的面前，他伸出他又粗又大的手，按在我的肩上，我在那剎間，只覺得肩頭上，突然一陣發癢。

我的身子，不由自主，縮了一縮，而在我一縮之前，他那手也移開了，我連忙向自己的肩頭看去，一看之下，我不禁呆住了，在我的肩頭上，有一隻僵死的蜘蛛，那蜘蛛是灰白色的，有着黑條紋。

更令得我全身發癢的，是那蜘蛛所有的腳。全都扎透了我的衣服，而碰到我的肌肉，我的腦中，立時閃電也似，閃過了一個「蠱」字，我不由自主，驚叫了起來！

這時，猛哥也來到了我的身邊，我幾乎要粗魯地拉住他胸前的衣服，但是那時我的身子卻因為恐懼而僵呆，以至我無能為力，我只是瞪着他：「你……父親做了些什麼？你告訴我，你快說！」

猛哥卻道：「你快向我的父親致謝。」

我怪叫了起來，道：「我向他致謝？為什麼？他在我身上下了蠱，我還要向他致謝，他向我下了什麼蠱，你快告訴我，快拿解藥給我，快！快！」

我不知被人下了什麼蠱，我自然驚惶，我終於揚起了手臂來，抓住了猛哥的手，猛哥道：「你應該向我父親致謝的，他的確在你的身上下了蠱，但那是他看出你不能成為我們的一分子之後才做的事情。」

我仍然不明白：「這是什麼意思，你說明白些。」

猛哥道：「這表示你隨時可以離開這裏，到你最喜歡去的地方去。但是，在二十年之內，如果你泄露秘密，向人道及我們的一切的話，那麼，你的蠱就會發作，你的喉部就會被無形的東西塞住，你不能出聲，不能進食，你將受極大的痛苦而死亡！」

我呆呆地站着，喃喃地道：「二十年……我記得了。」

猛哥道：「你最好牢牢地記得！」

他握了握手，鼓聲重又響了起來，他帶着我離開了那曠地，回到了我的住所之中，我燃着油燈，仔細地觀察看我的肩頭，卻什麼痕迹也找不到！

「故事」講完了，但是有幾件事，卻是必須補充一下的。第一、在二十年之內，我的的確確，未曾向任何人提起過我在苗區的遭遇，甚至有人問我是不是認識葉家祺，我也搖頭否認，因為我怕蠱毒發作。而現在，已經超過二十年了，所以我才不再怕。

第二、猛哥形容我如果不替他們保守秘密的話，我的「蠱毒」發作時的情形，其症狀和「喉癌」相當接近。這更使我想到，「蠱」和「癌」之間，可能也有着十分密切的關係。

第三、葉家祺當然是假名。這個故事披露到一年時，我接到一封信，指摘我即使用假名，也不應該再舊事重提，信並沒有署名，措詞也是哀傷多過指摘，我知道這封信不署名的理由，是發信人不想我知道是誰寫這封信的。但是我卻已知道信是誰寫的了，還有什麼人，能和我一樣對這件事表示如此哀痛呢？讓我們都將這件事完全忘了吧！

（全文完）

# 再來一次

第一部

# 老年人連續失蹤

棗紅色的絲絨幕，緩緩降下，掌聲雷動。站在舞台前緣的女歌唱家，深深地向聽眾鞠躬。在掌聲中，夾雜着聽眾的高叫聲，再來一次，再來一次！

剛才的演唱，實在太動人，是以整個歌劇院中，都響徹了「再來一次」的叫聲。

已降的棗紅絲絨幕，再度升起，伴奏的鋼琴手，又攜着樂譜走了出來，在鋼琴前坐下。

歌唱家將手放在胸前，琴音一起，所有的呼聲和掌聲，一起靜了下來。嘹亮、動聽的歌聲和琴聲之外沒有任何的聲音，直到歌聲完畢，掌聲才又震耳欲聾地響了起來。

那是一次極其成功的演唱會，幾乎每一首歌，都引起聽眾的狂熱，要求再來一次，所以，當離開了歌劇院時，已是凌晨兩時了。我並不熱中於古典藝術歌曲，但是像剛才那樣，由第一流藝術家來演唱，我卻也百聽不厭。我相信白素一定也和我有同樣的感覺，因為她挽着我離開的時候，面上那種神情，告訴我她心中在想些什麼。

我們隨着人眾，走出了門口，在我們前面是一對老年夫婦，那一對夫婦十分老，每人至少有八十歲；行動十分遲緩，兩人都拄着拐杖，慢慢地向前走着。

他們也像是知道自己的行動太慢，會阻礙別人，所以他們在我們接近之際，便側身讓了一讓，讓我和白素先走過去。

我和白素雖在先走了過去，但是在那樣的情形下，我們也不便走得太快，因為那兩個老人家實在太老，他們可能需要照顧。

我們放慢了腳步，那一雙老夫婦就跟在我和白素兩人的身後。

所以，我和白素，就可以聽到他們低聲的交談，我們聽得那位老先生道：「你看，我們前面的一對，多麼年輕？唉，我們要仍是那樣年輕就好了。」

那位老太太也嘆了一聲，道：「是啊，不知不覺間就老了，老得真快！」

我和白素互望了一眼，都覺得我們的好心，反倒惹起了兩位老人的傷感，我們看來還是走得快一點的好。

正當我們要加快腳步之際，忽然，我們又聽到另一個的聲音。

那是一個十分低沉的男人聲音，聽了令人有一股說不出來的神秘之感，我忍不住回頭看了一下。

只見一個身形高大，穿着晚禮服的男人，雙眼十分有神，他雖然不是望着我，但是仍然令我覺得他的眼光向我掃了過來，使我覺得那樣看人家，是不禮貌的。

所以我立時轉回頭來，也就在那時，我聽得那男人道：「兩位嫌自己太老了麼？」

「是啊，我們是太老了！」老先生回答。

那男人笑了起來：「老是十分可怕的，甚至比死還可怕，對不對？」

當我聽到這裏的時候，我心中忍不住升起了一股莫名的怒意來。

那傢伙竟然當着兩個老年人講那樣的話，那實在太殘忍了，這傢伙一定是一個毫無人性的人！

然而，我還未曾回過頭去，只聽得那人又道：「如果我說，我能令兩位恢復青春，你們是不是相信？」

那時，我和白素已走下了歌劇院大門口的石階，我們只聽得那一對老年夫婦發出了幾下乾枯的笑聲，不知道他們的真正反應如何。

當我們下了石階之後，再回過頭去看時，卻見那男人已扶住了那一雙老年人，進入了一輛很華貴的汽車，接着，車子便駛走了。

我呆了片刻，白素低聲道：「剛才那男人，實在太無聊了！」

我苦笑：「也很難說，那兩個老人家，像是已被他說服了，恢復青春，哼！」

白素笑了起來：「你何必那麼激動？」

我自己也不知道為什麼那麼激動，是以給白素一說，我也忍不住笑了起來，我們一起上了車，回到了家中，自然在歌劇院門口所遇到的那件事，並不是什麼特別的事情，我和白素都早將它忘了。

一直到第三天，早上一打開報紙來，我一看到了那則新聞時，才突然呆了一呆，忙叫道：「素，你快來看，快過來看！」

白素還當發生什麼事情，連忙趕了過來，我指着報紙道：「你看！」

白素向報紙看了一眼，她也不禁呆住了。

報上登着一個老先生和一位老太太的照片，兩人都已非常老了。雖然說人在老了之後都是差不多的，但我們還是一眼就可以認得出，那兩個老人，就是在歌劇院門口，跟在我們後面的那一對老年夫婦！

而在照片之旁的標題，卻是令人心驚肉跳的：本年來第九次老人失蹤。殷商郭奎雙親神秘失蹤。

新聞的內容說，這一雙郭老夫婦，全是十分有學問的人，是早期的留學生，十分欣賞藝術，於兩天前，去欣賞名歌唱家的演唱之後，便未曾回家，警方調查的結果，證明他們曾在歌劇院中，直至失蹤，但是在離開歌劇院後，便音訊全無了！

新聞還說，像類似的神秘失蹤，半年來已發生了九宗之多。失蹤的全是老年人，失蹤之後，都一點結果也沒有。這次失蹤，是不是同一性質，以及何以會有那麼多的老年人失蹤，警方正在調查中云云。

在新聞之後還有失蹤者兒子的談話，說他們的雙親雖然已屆八十高齡，但是行動還不需要人扶持等等。

我和白素看完了報紙，兩人一起抬頭起來，不約而同地叫道：「那個男人！」

白素又道：「快告訴警方，是那男人將他們帶走的！」

我猶豫了一下：「通知警方？我們對那男人，也不能提供進一步的消息。」

白素道：「那輛汽車，你記得它的牌照麼？」

「沒有。我沒有注意。」

「可是，我卻注意過那汽車的款式，」白素說，「那是一九六五年的雪佛蘭大型房車。」

我嘆了一聲：「像那樣的汽車，全市至少有一千輛以上！」

「那也好的，警方至少可以縮少調查的範圍，總比沒有任何線索要好些！」

女人固執起來，真是連牛也不如。事實上，我不是不想通知警方，而是我知道，這種疑難案件，一定是落在傑克中校的手中。

而傑克中校是一個十分剛愎自用的人，人家向他提供線索，他不但不歡喜，而且還會生氣的，但現在白素既然堅持着，我也沒有別的辦法可想，我拿起了電話，撥了警局的號碼。

等到有人接聽之後，我便道：「我是市民，我有關於老人失蹤的消息！」

警局接聽電話的警官忙道：「請你等一等！」

我大約等了兩分鐘，便聽到了傑克中校的聲音，傑克中校道：「什麼人，有關老人的什麼消息？」我不願他知道我是誰，是以我將聲音略變得低些：「我是市民，我在那天聽完演唱之後，見過那對老年夫婦。」

「好的，你叫什麼名字，住在哪裏？」

我心中不禁十分光火，我向警方提供消息，警方有興趣的卻是我的姓名、住址，倒像我才是他們要找尋的人一樣，我冷冷地道：「警官，你有興趣的究竟是什麼，是我，還是我提供的消息？」

傑克中校悶哼了一聲：「好，你有什麼消息？」

我道：「那一對老夫婦，和一個穿着黑色禮服的中年人一起離去，那中年人駕駛一輛一九六五年的大型雪佛蘭房車，我知道的就是那麼多！」

不等他再問什麼，我便立時放下了電話。

並不是我不肯和警方合作，事實上，我知道的，確然也只有那麼多。

白素聽我打完了電話，才去張羅早餐，我則仔細看看報紙，有一份報紙，將九次失蹤，歸納在一起報導。九次失蹤，一共有十四名老人不知去向，他們的年紀，都在七十五歲以上，甚至有一個八十七歲的老婦人。

這九次神秘的失蹤，都有相似之處，老年人全是在公眾場合之中露過面，然後便不知去向。最早的一宗，發生在四個月之前，一直到現在，還是一點線索也沒有。

我看完了報紙，心中只覺得十分奇怪，假定這九宗失蹤案，全是那個相貌異特的中年人做的，那麼，他的目的是什麼呢？

可以肯定，絕不是綁票，因為是綁票，必定繼失蹤而來的，就是恐嚇勒索，綁票的目的是錢，而絕不是製造一些神秘的失蹤。

那麼，目的何在呢？

這的確是十分有趣的一個問題，暫時，我可以說是一點頭緒也沒有。

在用完了早餐之後，我駕車離家，到了小郭的事務所，在他的辦公室的門前敲了兩下，推門而入，小郭見了我，連忙站了起來。

我在他對面坐了下來，開門見山：「你對九次老年人的失蹤，有什麼意見？」

小郭嘆了一聲：「一點主意也沒有，其中有兩宗，失蹤者的子女，還是委託了我進行調查的，可是毫無頭緒。」

我將在歌劇院門口發生的事，詳詳細細地向小郭說了一遍，小郭緊蹙着眉：「那是什麼意思，那中年人究竟是什麼路數？」

我道：「我不知道。」

小郭突然一掌擊在桌上：「我有一個辦法了，你見過那中年人，又曾見他和那失蹤者離去，你可以在報紙上登一段啟事，表示你知道了他的陰謀，那麼，他或者做賊心虛，會來找你！」

我笑了起來：「小郭，你這辦法倒想得好！」

小郭聽出我是講反話，他瞪着眼：「為什麼？」

我道：「你想想，那傢伙已製造了十四人的失蹤，他在乎多製造一個麼？如果我一登那樣的啟事，我會有什麼結果？」

小郭仍然瞪着我：「你什麼時候變得怕事起來了？嗯？」

我毫不客氣地回敬着他：「當我發現你已是大偵探的時候，我就變得膽小了！」

小郭給我講得不好意思，笑了起來：「算了，算了，由我來刊登這段啟事好了。」

我笑着，指着他的鼻尖：「你可得小心些，那人如果真來找你了，一定不是容易應付的人，你可別將事情看得太容易了！」

小郭道：「我知道！我知道！」

我離開了他的事務所，辦了一些事，就回家去了。

第二天，我打開報紙，就看到小郭刊登的那段啟事，小郭的啟事擬得十分巧妙。先是一個標題：歌劇院前的活劇。

然後，他將歌劇院前發生的事，簡略地叙述了一遍，最後道：「你不想自己的行為被世人所知，可以和我商量，我的電話是——」

我不知道小郭刊登那樣的啟事，是不是有用，當天我也未曾去問他，第二天，我打了個電話到他的事務所，他卻還沒有回來。

又過了一天，我再打電話去，小郭仍沒有回來。

小郭也失蹤了！

我連忙趕到小郭的事務所，已有警方人員在場，一個職員正在向警方人員提供資料，他道：「啟事刊出之後，上午十時，郭先生就接到了電話，他十分高興地走了出去，一去就未曾回來過。」

這時，一個女職員已拿着一卷錄音帶走了出來：「這就是那次電話的錄音。」

小郭的事務所中十分紊亂，主持其事的警官並不認識，但是他看到我和其他工作人員很熟，所以以為我也是事務所中的工作人員，是以他也任由我聽那卷錄音帶。

當錄音帶中的聲音被播放出來，我不禁苦笑了起來，那是一個很普通的電話，有一個人，打電話來告訴小郭，說他看到了報上的啟事，他約小郭在公園的荷花池旁見面，時間是十一時，就是如此而已。

但是我卻一聽就聽出，在電話中約了小郭見面的那人的聲音，正是那個中年男子的聲音，就是那個中年男子，在歌劇院前，對一對老年夫婦說，年老比死更來得可怕，又問那一對老年夫婦，是不是要恢復青春！

結果，那一對老年夫婦失蹤了！

而現在，他約小郭見面，小郭也失蹤了！

我知道小郭是一個十分機智的人，他能夠成為一個著名的偵探，絕非倖致。他如果失蹤，那證明着其中一定有着過人的曲折！

我看到那個警官仍是不斷翻來覆去地在聽着那卷錄音帶，我忍不住道：「為什麼還不派人到公園的荷花池旁，去察看一下？」

那警官反倒瞪了我一眼：「現在去察看還有什麼用？人也早已失蹤了！」

我實在有啼笑皆非之感，但是我還是強迫按捺着自己，沒有將「蠢材」兩字，罵出口來。

我耐着性子：「你知道，郭先生的身手很不凡，他如果是被人綁架走的，那麼一定會有一些什麼東西留下來，可以作為線索！」

我的話已講得如此之明白，照說，那警官多少應該有點反應了。可是他卻只向我瞪了瞪眼，嫌我多事。看到了這種情形，我自然也不再向下講去，一個轉身，出了小郭的事務所。

那警官不肯派人到那中年人和小郭約定的地方去察看，我實在沒有必要去說服他，因為我自己也可以去。

雖然在那電話的錄音中，那中年人並沒有講明是在哪一個公園，但是全市有大型荷花池的公園，只有一個，我駕車到了公園的附近，然後來到了荷花池的旁邊，那是一大片草地。

在草地上，有十幾個小孩子在玩耍，有好幾對情侶，坐在長椅上。

古木參天，濃蔭處處，公園中呈現着一片寧靜。那荷花池相當大，荷葉浮在水面上，兩個男孩子側着頭，站在池邊，研究着如何才能捉到在荷葉上的那隻青蛙。

我只知道小郭和那中年人約在荷花池邊，卻不知道他們會面的確定地點，所以我只能繞着荷花池，慢慢地向前走着。

我走得十分慢，因為我必須一面走，一面留意池邊有沒有可疑的地方，但是一切看來，都似乎十分正常，並沒有值得懷疑之處。

我一面走，一面心中在想，或許那警官是對的，人已失蹤了，再到這裏來看，有什麼用？如果失蹤的情形，和那一雙老年夫婦一樣，那麼，在歌劇院的門前，能找出什麼痕迹來？

我幾乎有些後悔此行了！

但是，當我緩步到了一株大樹之下時，我卻改變了我的看法，我站在那株樹前，我看到樹下的草地曾被踐踏過，而且留下的腳印，都不是孩子的腳印，而是成年人的。

看來，在大樹下，至少有三個以上的成年人，曾劇烈掙扎過。

而引起我注意的，還不光是這一點，在樹身上有好幾條十分深的刻痕，那幾道刻痕，顯然是新近才刻上的，因為露在外面的木質還是潔白的。

那幾道刻痕，特別引起我的注意，那是因為我知道小郭經常佩戴的戒指，是有着一個十分尖銳的尖刺的。

他佩戴那樣的戒指，有多種多樣的用途，像現在那樣，可以在極短的時間中，在樹身上，留下刻痕，便是用途之一。

我已可以肯定，小郭是在這樹下和那中年人見面的，而他的失蹤，也百分之百，是暴力劫持的結果！

我心中迅速地想着，我的發現，算不了是什麼線索，是以我也難以想得出我下一步應該怎樣，我緊蹙着眉，正是用心思索着。也許因為我實在想得太用心了，是以竟連得有人來到我的身後，我也不知道，直到我的腰際，被硬物頂住，我才陡地一震。

但是，我卻已不能採取任何行動了，因為我立即覺出，我腰際的是一柄手槍。接着，我便聽得我背後的那人道：「衛先生，你最聰明的抉擇，便是不要反抗，跟我們走，去見一個人。」

我吸了一口氣：「你們認識我？」

「不認識，但是郭先生說，在他失蹤後，你一定會來到他失蹤的地方的，我們已等了你許久了，衛先生，等了很久了！」

我苦笑了一下，小郭的介紹真不錯！那人繼續道：「請你相信，我們一點惡意也沒有，絕不會對你有任何傷害，郭先生也受着我們極好的招待，我們只是想請你去走一次，闡明一些事情。」

我聳了聳肩：「如果是那樣的話，那麼抵在我腰際的手槍，閣下是不是介意移開些？」

第二部

# 「想不想回復青春？」

那人回答的一句話，卻是出乎我意料之外的，他道：「我沒有槍，衛先生。」

我連忙轉過頭看去，剎那之間，我的神情，不免顯得十分尷尬！我的一生人之中，不知經過多少大風大浪，如今雖不能說是翻了船，他手中所握的，是一枚「羅米歐與朱麗葉」牌的古巴雪茄，那種雪茄是裝在一根金屬的圓管之中的！

我自嘲地笑了起來，再抬頭看去。站在我面前的兩個人，年紀很輕，都戴着眼鏡，看來像是大學生。

那站得離我較近的一個攤開手：「衛先生，我們一點惡意也沒有，我們久聞你的大名，你如果要對付我們，我們決無反抗的餘地！」

我笑了笑：「我們知道我不會對付你們，好奇心將會驅使我跟你們前去，對不？」

那兩個年輕人都笑了起來，那一個道：「衛先生，你比郭先生有趣，我們迫得要和郭先生起了一些小小的爭執，和你卻不必了！」

我揚了揚眉：「你們能和郭先生在爭執中贏了他，也不容易啊！」

他們又一起笑了起來，我道：「好，我們可以走了，用你的車子，還是我的？」

「我們的車子，衛先生！」

我們一起向公園走去，在公園外面的停車場中，我被帶到了一輛淺黃色的小車子旁邊，他們中的一個打開了車門，我一進了車廂，另一個便坐在我的身邊：「衛先生，請蒙上你的雙眼。」

他一面說，一面遞了一幅黑布給我。

我有點惱怒：「如果我不答應呢？」他連想也不想：「那麼，我們就不會帶你前去，我們就此分手好了。」

我開始感到這兩個傢伙的可惡了。

本來，是他們要我前去的，但是他們把握了我的心理，現在的情形，倒有點像是我要求他們帶我前去！

我立即想到，我根本不必跟他們到什麼地方去，我可以將他們交給警方！

但是我又想到，那是沒有用的，如果他們什麼也不說的話，他們根本沒有犯罪的行動，誰也將他們無可奈何，我要進一步明白那九宗神秘失蹤案的真相，只有跟着他們前去！

這兩個傢伙竟如此了解我的心理！

我考慮了足足兩分鐘，沒有法子不承認失敗，是以我只好道：「好的，你替我綁上吧！」

那年輕人道：「是，衛先生是君子，當然不會中途偷看的。」

我悶哼了一聲，沒有說什麼。

而當我眼上才一蒙上黑布，汽車便開動，我斜靠在座位上，根本無法知道車子經過了一些什麼地方，也不知道車子是在什麼地方停下來的。

只是在車子一停之際，我便要伸手去拉開臉上的黑布，可是我的手卻被擋開，那年輕人道：「請再忍耐一會，衛先生，再忍耐一分鐘就可以了。」

我也不與他多計較，任由他將我扶出了車子，我覺得出我走在草地上，同時，還聽到了噴泉的聲音，那一定是一個很大的花園。

接着，便是石階，在我走上石階之前，那年輕人提醒我，道：「請小心，你前面有石階！」

當我走上了四級石階之後，我踏上了厚而輕的地氈，然後，又走出了十來步，才聽得他道：「衛先生，現在你可除去黑布了。」

我一伸手，拉下了黑布，在開始的一剎間，我什麼也看不到。

但是立即，我看到眼前的情形了，我站在一間書房之中。那是一間十分寬大，傢俬和一切佈置，都是十分古老的書房。

書房中並沒有人在，但是當我的視線才一恢復之際，就聽到另一扇門，傳出了小郭的聲音，道：「你們究竟在鬧些什麼鬼？」

然後，便是我聽來已十分熟悉的，那中年人的聲音：「郭先生，你別發怒，我們已請來了你的好朋友衛先生，等我們一齊見了面之後，好好談談。」

那扇門打開，我看到小郭和那中年人，一起走了出來，我忙叫道：「小郭！」

小郭也叫了我一聲，他奇道：「你怎麼也來了？他們派了多少人，才能將你請來的？」

他在「請」字上，特別加重語氣，我笑着：「我的情形和你略為不同，我真的是他們請來的，雖然他們蒙上了我的眼。」

小郭「哼」地一聲，坐了下來：「好了，現在可以談談了！」

那中年人十分有禮貌地對我道：「請坐！」

我在小郭的身邊坐了下來。

那中年人坐在我的對面，他才坐下，又欠了欠身，道：「我先來自我介紹，我姓蒙，你們可以稱我為蒙博士，或蒙教授。」

我和小郭，都冷冷地答應了一聲。我們會了面之後，自信心大為增加，我們都相信我們兩人在一起，對方的人手再多，我們要佔主動，也並不是辦不到的事。

而我們之所以還不發動，全是一樣的心思：因為我們想聽聽那中年人究竟講些什麼。

那中年人——或者稱他為蒙博士——在自我介紹完畢之後，又坐了下來：

「我知道，兩位對連續失蹤案，都十分感到興趣，是不是？」

我立時道：「正是如此，失蹤案的主持者，蒙博士，或蒙教授！」

我的話，自然是說得十分不客氣的。但是那中年人卻好像並不在乎，他繼續道：「可是，兩位有沒有注意到失蹤者的年齡？」

「當然注意到，全是老年人。」

「老年人，那樣的說法，未免太籠統了。應該說，那是平均年齡已達到七十九歲零兩個月的老人，他們有的已超過八十歲了。」

「那又怎樣？」小郭反問他。

「那表示一項事實，他們全是在死亡邊緣的人，他們隨時隨地，都可能死亡，因為他們實在太老了。如果他們死了，有沒有人注意他們？相信兩位決計不會去留心一個八十歲老人的死亡消息吧？」

我已料到他想講什麼了，是以對於他的話，我只報以一連串的冷笑。

果然，不出我所料，這位蒙博士又道：「所以，他們的失蹤，實在是不應該引起兩位的注意的，他們這些人全是快死的了！」

我冷冷地道：「閣下的這番話，是我所聽到過的，一個卑鄙罪犯的最無恥的修飾詞！」

蒙博士的面色變了變，小郭已經怒吼起來：「你將那些老人怎麼了？」

蒙博士皺了皺眉：「他們怎樣了，我暫時不能宣布，但是我不明白兩位何以不能接納我的解釋，我實是十分奇怪。」

我怒道：「我們為什麼要接受你的解釋？你的行動是犯罪，是嚴重的犯罪，不管他們的年紀如何老，你令他們失蹤，那便是犯罪。」

「對，我同意，那是站在現行法律觀點上而言的。」蒙博士回答着：「但是，他們的時光所餘無幾，他們有權將殘餘的生命來搏一搏的。」

「什麼意思？」我問他。蒙博士站起來，拉開了一隻抽屜取出了一座錄音機來：「衛先生，或者你還記得郭老先生、郭老太太的聲音，請你聽聽這個。」

蒙博士按下了一個掣，我和小郭都聽到了一個蒼老的聲音：「我願意接受蒙博士的試驗，接受那種試驗，全然出於我的自願。」

接着，便是一個老婦人的聲音，所講的話，和剛才那老頭子的話一樣。

而我也聽出，那真的是在歌劇院門口，所聽到過的那一雙老夫婦的聲音。

蒙博士又拿出一疊文件來：「請看，那是他們親筆簽署的文件。」

我接了過來，文件全是手書的，寫的也正是和錄音機中放出來的話一樣的字句。

蒙博士道：「有了這些，我在法律上不是犯罪，是不是？」

我和小郭互望了一眼，會有那樣的情形出現，那確然是我們絕料不到的。因為有了那些文件，即使蒙博士落在警方的手中，警方是不是能對他起訴，還是疑問，我們自然更無權過問了。

可是，我們的心中，也十分疑惑，因為蒙博士的手中，既然有着對他如此有利的文件，他的行動，為什麼還要如此神秘呢？

蒙博士的雙眼十分有神，而且，他仿佛能看透我的心意一樣，我剛想到這一點，還未曾問出來，蒙博士已然道：「由於我的實驗，絕不能受任何方面的干擾，所以我必須保持極度秘密。」

小郭問道：「你在從事什麼實驗？」

「我自然不會講給你聽，郭先生，因為到目前為止，那還是一個極度的秘密，我只是希望你們別再來干擾我，因為我絕不是在從事非法勾當！」

我和小郭，都無話可說。

在如今那樣的情形下，我們實在找不出理由來反對他的話，每一個人都有每一個人的自由，他有他個人的秘密，只要他不犯法，不損害別人，我們自然也沒有道理一定要揭穿他！

所以，我和小郭都不得不點着頭：「既然那樣，我們自然不再多管閒事了。」

蒙博士道：「那最好了，我會吩咐那些老人，用電話和他們的家人聯絡，告訴他們的家人，他們很好，我以前疏忽了這一點，真是不應該。」

我和小郭一起站了起來：「我們告辭了。」

蒙博士抱歉也似，笑了一笑：「兩位，請仍然在眼上蒙上黑布。」

我想要提抗議，但是小郭卻立即道：「好！」

我瞪了小郭一眼，怪他為什麼答應得如此之快，但是小郭卻向我眨了眨眼，我心知他一定有原因的，是以也不再出聲。我們的眼睛被紮上黑布，由人帶領我們出去，上了汽車，半小時後，我們被帶下汽車，解開了黑布，我們又在公園附近了。

那帶我們來的兩個年輕人，立時駕着車離開，我立即問：「你已知道他們在什麼地方了麼？」

「現在還不知道，」小郭得意洋洋，「但是我立即可以知道。我留下了一具小型的無線電波發射器在蒙博士的書房中，快到我的車中去，我們立即可以知道，他的屋子是在什麼地方了！」

我大是高興，用力在小郭的肩上拍了一掌：「你進步得多了，小郭！」

小郭和我，一起向前走去，他的車，上次來公園時停在公園附近的停車場中，這時仍然在，一進了他的車，他立時按下了幾個掣。在表板上，一個小小的熒光屏上，出現了一個亮綠色的小點。

小郭指着那一點：「看，在東面，我們的車子如果來到了發射器的二十公尺之內，它還會有聲音發出來。」

我伸了一個懶腰，太容易了，太容易的事，反倒使人有懶洋洋，提不起勁之感。

小郭駕着車，向東駛去，他不斷轉着車子，使車子接近那無線電波發射器。約莫半小時後，愈來愈是荒涼，前面幾乎已沒有可以通車路了！

我開始覺得事情有些不對頭，因為時間已差不多，我們應該在一個有屋子的地方，而不應該在那樣的荒郊之中的。可是，小郭卻還充滿着信心。

我忍不住問道：「小郭，有點不對吧！」

小郭道：「別吵，快接近了！」

就在那時，儀器上發出了「的的」的聲響來，小郭連忙停住了車，當他停下車來時，他的信心也消失了，他苦笑着：「我想，我留在蒙博士書房中的那具無線電波發射儀，已被他們發現了。」

我攤了攤手：「而且，我已看到你那具儀器在什麼地方了。」

「在什麼地方？」小郭連忙問。

我伸手向前指去，在前面十多碼的一株樹上，釘着一塊木板，那木板上用紅漆寫着一行字：郭先生，你白費心機了！

而在那塊木板上，還釘着一樣東西，由於隔得相當遠，所以我其實是看不清楚那是什麼，但是可想而知，那一定就是小郭的那具追蹤儀了。

小郭連忙打開車門，向前奔了過去，他奔到了樹下，將那塊木板拉了下來，又回到了車邊。他靠在車上，長嘆了一聲。

我揚了揚眉：「準備放棄了？」

「不放棄也不行啊，」小郭無可奈何地說：「我們什麼線索也沒有了。」

「如果說什麼線索都沒有，那也不見得。」我搖着頭說道。

「至少我們知道，蒙博士的人到過這裏，而這裏離蒙博士的住所，不會超過半小時的車程。」我說。

小郭呆了半晌：「這算是什麼線索？」

我自己也不得不承認，那其實算不了什麼線索，但是我卻絕不肯就此放棄那件事，我道：「我們下車去看看，或許可以找到什麼。」

我出了車，和小郭一起慢慢看着，可是花了大半小時，結果，是找到了兩個比較清楚的腳印。從那兩個腳印上，我們推斷出，那是七號半的鞋子，那人的身高，大約五呎七吋。

除此以外，什麼也沒有了！

小郭狠狠地在地上頓了兩腳：「就憑這條線索，別說是我和你，就算福爾摩斯再生，只怕也找不到蒙博士的屋子在什麼地方！」

我慢慢地踱着，從那株樹下，踱到了車旁，又從車旁踱到了樹下。

我來回足足踱了十來次之多，才道：「小郭，在歌劇院前，我曾聽得蒙博士對那一對老夫婦說，想不想回復青春，他可能是在實驗使老年人回復青春的辦法？」

小郭「哼」地一聲：「我想蒙博士一定是在作不法勾當，我們一定要找出他的住所來。」

我揚了揚手：「有一個辦法，這些日子來，他不斷在尋找老年人，只要他繼續在找老年人，我們兩個人就可以——」

小郭叫了起來，道：「假扮老人！」

我道：「是的，你回去查一下，前後九次失蹤的老人，都是在什麼地方失蹤的，那麼，我們就可以在他經常尋找老人的地方去供他尋找！」

小郭興奮了起來：「好，這真是一個極好的計劃，我立即進行。」

我道：「你有了結果，和我通電話。」

我用他的車子，回到了市區，到了家中，一小時之後，小郭的電話來了，他道：「我查過了，三宗是在體育館外，一宗在歌劇院，兩宗在戲院，還有三宗，在百貨公司門外不遠地方發生。」

我略想了一想，便道：「那全是公共場所，看來蒙博士喜歡的是年紀雖然老，但多少還有一些活動能力的老人，而不是只知坐在家中搖搖椅的老人。」

「是的，你看我們該如何進行？」

「我們不妨分頭進行，你扮成老人，到體育館前去，裝着對每一場體育比賽都有興趣的樣子，而我，則到百貨公司前去看櫥窗。」

「好的，誰給他看中了都是好的。」

「你要注意，如果給他看中了之後，你沒有機會修整化裝，所以你應該採用持久性的化裝。」

「我明白，」小郭答道：「我有尼龍纖維的面具，你也有的，我們可以戴上，混進蒙博士的屋子去。」

「要小心些，蒙博士不是容易對付的人。」我再一次叮囑着小郭。

我們的通話，到此為止。第二天，我不知道小郭化裝得怎麼樣，而我在對着鏡子半小時之後，使我看來十足像一個八十歲的老人。

我特地找出了一套已然變色，起了黃斑的西裝來穿上，拄着一根手杖，顫巍巍地走了出去。當我一走出書房之際，白素嚇了老大一跳！

白素一看到我，就叫了起來：「你做什麼？」

在剎那間，我心中突然起了一個念頭，我想，如果叫白素也扮成了老婦人，那也許更容易使蒙博士揀中我們，但是我只不過略想了一想，便放棄了這個念頭。

因為這件事，究竟是什麼性質，我還不盡了解，而蒙博士給我的印象，卻是陰鷙深沉，是一個十分厲害的人，像我那樣，扮成了老人去愚弄他，十分冒險。

既然有危險，那我當然不方便叫白素參加。

是以我只是笑着：「你看我像老頭子？我扮成了老人，去和一個人開玩笑。」

白素後退了兩步，端詳了我好一會，才道：「像，真像極了，那人一定會為你所騙。」

我感到十分高興，因為白素是目光十分銳利的人，她那樣說，足以證明我的化裝十分成功！

我慢慢走了出去，走得很慢，然後，我走到了一條繁華的街道上，在那裏，有着全市規模最大的百貨公司。

我在百貨公司走着，從上午到下午，引得不少人用好奇的眼光看着我，他們的心中一定在想，這個人已老到了這等地步，何以竟還會對櫥窗中花花綠綠的東西，感到興趣？

我當然不是真的老了，但是我既然扮成了一個老人，卻多少也能體會到一些老人的心情。這種體會，是來自望向我的那些眼光的。

從那些眼光中，我似乎是一個怪物，不應該再屬於這個世界，是全然多餘的東西。本來，我一直在奇怪，何以人非死不可，現在我總算有點明白了，人非死不可，那實在是自然極其巧妙的安排！

因為如果人不會死，只是繼續老下去的話，那實在是一件十分可怕的事！

一直到黃昏時分，才找了一間餐室，歇了歇足，然後，當各種顏色的霓虹燈亮起之後，我又開始在各大百貨公司前走來走去。

但是這一天，卻一點結果也沒有。

我回到家中，第二天仍然照樣去走動，一連三天，仍然沒有人來找我，我的心中，罵了自己千百遍蠢材，我已準備放棄這個辦法了。

第三天的晚上十時，我不得不從一家大規模的百貨公司中走出來，因為公司要打烊了。

由於我已經不再寄以任何希望，是以當我走向公司門口的台階之際，我直了直腰，已經不準備再扮老頭子了，可是也就在我挺了挺身子的那一剎間，我的身後突然響起了一個聲音：「人老了，挺一挺身子，也當作是一件大事了！」

在那片刻間，我幾乎忍不住大聲叫了起來！

那是蒙博士的聲音，他上鉤了！

我竭力鎮定着心神，嘆了一聲：「是啊，骨頭像不是我的了，唉，在我年輕的時候，我可以躺在地上，一彈就跳起來。」

我一面說着，一面抬起頭來，向後面看去。果然，站在後面的人，不是別人，正是蒙博士。

他正雙目炯炯有神地看着我，看他的樣子，像是想在我的身上發現什麼奇蹟一樣。然後，他講出了那句我已不是第一次聽到的話。

他道：「年老真可怕，比死亡更可怕。」

我停了下來，呆了片刻，才道：「是的，人到年老，就不在乎死亡。」

蒙博士向我笑了一下，他的笑容十分詭異：「老先生，你想不想回復青春？」

我忙道：「先生，你是在和我開玩笑麼？世上沒有什麼力量，可以使我回復青春，我老了，就一定會在衰老中，慢慢死亡。」

我望着他，沒有再說什麼，因為我不知道一個真正的老人，在聽到了他的話之後，反應是怎樣的，所以那剎間，我只好不出聲。

蒙博士又道：「或者我應該說，我可能有這種力量，我只是在試驗中，你願意接受試驗麼？」

我又呆了半晌，才道：「那是什麼性質的試驗，是注射一種內分泌麼？」

「試驗的內容如何，你沒有必要知道，我只是問你是不是願意接受我的試驗，」蒙博士繼續着說：「老先生，你必須明白，你已來日無多了！」

我不能答應得太痛快，老年人是很少對一件事情作痛快的決定的，是以我拄着杖，還要裝着微微發抖的樣子。一分鐘後，我才道：「我願意。」

我的話才一出口，蒙博士便已揚了揚手，一輛黑色的大房車，由司機駕駛着，來到了百貨公司的門前，那正是我在歌劇院門口見過的那輛。

蒙博士替我拉開了門，我特地將手加在他的手上，要他扶我上車去。

我的手部也經過特殊的化裝，使我的手看來完全是一個老人的手，那樣做，可以堅定他對我的信心，使他以為我真是一個行將就木的老人。

上了車之後，我坐在他的身邊，他也不要我蒙上眼睛，我仍然用裝得十分蒼老的聲音問：「先生，你不是在和我開玩笑？」

蒙博士的神情，十分嚴肅：「當然不是。」

我又道：「你的實驗如果成功，那麼，世界上豈不是沒有衰老，也沒有死亡？」

蒙博士卻不再出聲。我也怕話說得太多，會露出馬腳來，是以也不再對他講什麼，只是像一般老人一樣，喃喃地自言自語起來。

我雖然裝着對汽車外的一切都不感興趣的樣子，實際上，我卻十分留意汽車經過的路線。

汽車駛得很快，我還認得出，駕車的那年輕人，正是在公園的荷花池畔，要我戴上蒙眼巾的那兩人之一。

我看到車子轉上了通向山上的斜路，一連轉了好幾個彎，然後，便駛上了一條更斜的斜路。這一切，都和我當日被蒙住眼睛的感覺相類。

十五分鐘後，車子在一幢很古老、很大的房子前，停了下來。在黑暗中看來，那房子古老得就像是一頭其大無比的大怪物一樣。

車子停下不久，兩扇大鐵門便被打開，車子又駛了進去，停在屋子的石階門口。

蒙博士直到這時才開口：「我們到了。」

我向前走着，一面道：「好房子，這才是真正的房子，它和我一樣古老了。」

蒙博士居然笑了一下，這是我認識他以來，第一次看到他那張狹長的臉上有笑容露出來。

我由他攙扶着，走出了車子，他立時招手叫來了一位年輕人：「帶這位老先生到休息室去，先替他作第一號測驗。」

我呆了一呆：「先生，什麼叫第一號測驗？」

蒙博士的面色一沉：「你只要接受測驗就是了！」

我覺得在那樣的情形下，我不應該太退讓了，是以我以老年人的固執態度道：「不行，如果不讓我知道，我就不接受測驗。」

蒙博士望了我半晌，點頭道：「好現象，彼得，你注意到了沒有？真是好現象。」

在我身邊的那年輕人立時點頭道：「是，博士。」

我莫名其妙，不知他們兩人，那樣說是什麼意思。而蒙博士對我的態度，也轉變了一些，變得好了許多。他道：「你別緊張，所謂測驗，只不過是觀察一下你身體內機能對外界的刺激的反應而已。」

我「哦」地一聲，表示明白了是怎麼一回事，可是我的心中，卻有十分尷尬之感。

蒙博士說要測驗我的身體機能對外界刺激的反應，這對我來說，實在是一件十分不妙的事。

因為我假扮成老人，那只是外表，如果他用儀器來記錄我的身體情形，那麼我假裝老人的把戲，會立時被戳穿。

在那一剎間，我面臨是不是再繼續扮下去的決定。我假扮老人，已然有了成績，蒙博士對我全然不加防範，將我帶到了這裏來。

我已經知道了他的活動所在，這時，我要趁他們兩人不備，突然將他們兩個擊倒逃走，那可以說是輕而易舉的一件事。

我逃走之後，就可以揭穿蒙博士的秘密。

當我想到這一點的時候，我幾乎已要向蒙博士的下顎，一拳揮擊出去。但是，在我出拳之前，我又想了一想，覺得那樣做，未免十分不妥，蒙博士的手中有着那些文件，以前的那些老人，都表示是自願接受試驗的，除非再找到進一步的犯罪證據，不然，警方也無奈他何。而那樣一來，蒙博士的秘密，可能再也無人知曉了。

# 第三部

# 回復青春的實驗

所以我想一想，便沒有揮拳出去，我決定再混下去。混到幾時是幾時，反正蒙博士的面色雖然陰森，他卻也未必是謀財害命的兇徒，就算真相拆穿，他也不會將我怎樣樣的。

蒙博士見我不出聲，又問道：「你是不是願意先接受一些測驗？」

我點頭道：「好的。」

那年輕人扶着我，走進了那幢屋子。那幢古老的屋子的內部，大得不可思議，我經過了一個宏大客廳，走到了屋後，然後從一道樓梯，走到了二樓，我被帶進了一間不是很大，但是卻十分精美的臥室之中，那年輕人道：「這是你的房間，請隨便休息。」

我點了點頭，在沙發上坐了下來。

那年輕人走出去，就只留下我一個人在那臥室之中。我起先以為，一定很快就會有人來和我進行測驗的，可是出乎我意料之外，我一等再等，等了足足半小時之多，還是什麼人也不見。

我未免有點心急起來，站了起身。

當我站起身之後，我陡地想起，我現在是一個老人，老人是不會急躁的，因為他已走到了生命的盡頭，再急躁也沒有用了。

這間臥室中雖然沒有人，但是可能有無數雙眼睛，正通過隱秘的電視攝像管，在注視着我，我必須使自己像一個老人。

於是，我慢慢地走着，觀察着臥室的每一部分，臥室和一間浴室相通，我在浴室中照了照鏡子，鏡子中的我，十足是一個八十歲的老人，我心中不禁十分高興。

我又回到了房間中。

在回到了房間中之後，我索性裝得像一些，是以我伏在沙發上瞌睡了起來。

我當然睡不着，但我也假裝睡了一小時多，那時，我覺得肚餓了，卻依然沒有人來，我到了房門，想打開門，卻發覺門鎖着。

我敲着門，發出「蓬蓬」的聲響來，自然，要以我身邊的小道具，弄開那扇門，那是輕而易舉的事，但是我卻沒有那麼做。

在我敲打了半分鐘之後，在我的背後，突然響起了一個十分動聽的女人聲音：「老先生，你想作什麼？」

我連忙轉身，聲音是從一隻花瓶中發出來的，當然是那花瓶中裝着傳音器的緣故。

既然有傳音器，自然也可能有我早已料到的電視攝像管，所以我立即裝出一個十分驚奇的神色來：「你是誰，我怎麼看不到你？」

那女人笑了起來：「是的，你看不見我，我不在你的房間中。」

我咕噥了幾句現在的機器真新奇之類的話，然後才大聲道：「我肚子餓了！」

「好的，老先生，你想吃什麼，我替你送來。」

我的肚子實在很餓，我想說什麼都吃得下，但是我卻報了幾樣只有老年人才喜歡吃的東西。

那女人答應着，我又在沙發上坐了下來。

又過了足有半小時，我在聽到門上「砰」地一聲響，一個女人推一輛餐車，走了進來。

那女人大約三十歲，十分美麗，身材健美，她走路的那種誇張姿勢，不由使人想起性感艷星。

她推着餐車，直來到我的面前，我要的食物全在了。我慢慢地吃着我並不喜歡吃的食物，而且還裝出津津有味的樣子來。

那對我來說，實在並不容易，所以，當我吃了一半，推說吃不下時，倒反而顯得十分自然。

那女人一直笑盈盈地坐在我的對面望着我，等我吃好時，她將一條香噴噴的手巾遞給我，我抹了抹臉，表示已吃飽了時，她突然在我身邊坐了下來。

那張單人沙發雖然很寬大，但是擠上兩個人，那兩個人總是緊緊擠在一起的了。

我已經說過，那女人美麗，身材健美，充滿了女性的誘惑。而且，當她擠在我的身邊之後，她的手臂掛在我的頸上！

那實在是一種極度的誘惑，我感到尷尬極了，我想要立即掙脫開去。可是那女人卻笑着：「怎麼樣，我弄的食物還可口麼？」

她那種故意作出來的媚態，倒使我突然之間，恍然大悟了！

她的出現，她擠在我的身邊，那正是蒙博士「初步測驗」的一部分！

蒙博士將我關在房中，不來理我，那是在測驗我的耐性，他剛才一定也已詳細觀察了我進食的情形，現在，他又在試驗我對異性挑逗的反應。

我雖然明白了這一點，但是我的處境，卻仍然是十分不妙。

如果我真是一個老頭子的話，那就沒有問題，因為男人若是到了我化裝所顯示的那個年齡，就算是有美女擠在身邊，也不會動心。

然而糟糕的是，我並不是老頭子！

但是，我卻又不能不竭力裝出自己是老頭子來。我發覺一個人要扮老頭子，最困難的時候，莫過於我在那十分鐘之內的情形了。

在那一段時間中，我沒有別的辦法，我只有不斷打着飽嗝，剔着牙齒，來表示我對那美人兒沒有興趣。總算好，捱過了那十分鐘，那女人一笑，站了起來，推着餐車走出去了！

我打了一個呵欠，又在沙發背上，挨了下去，假寐了一會，這次我倒是真睡着了。我是被人搖醒的，當我醒過來時，蒙博士已在我面前。

他手中拿着一疊文件：「在試驗進行之前，你得簽下自願書。」

我接過了文件，摸出了老花鏡，花了很多時間來看着，然後才簽了一個假名字。

然後，蒙博士身後的兩個年輕人便道：「請跟我們來，你需要扶持麼？」

我站了起來：「不要！」

一面説着「不要」，一面身子卻搖搖欲倒，那兩個年輕人立時過來將我扶住，我們一起出了臥室，走下樓梯，又經過了一條十分陰暗的走廊，然後，來到一間寬大的房間之中。

一走進那房間，我突然產生了一種毛髮直豎，可怖之極的感覺！

那實在是十分沒有來由的，因為那間房間中，並沒有什麼令我感到害怕的東西。但是即使我看清楚了房間中的一切之後，我仍然有那種感覺！

我緩緩地吸了一口氣，再仔細打量這房間中的一切，那房間中的佈置，是醫院中的手術室，在一張手術牀旁邊，是幾具我從來未見過的儀器，和一櫥醫學上的用品。

蒙博士在一張書桌前坐下，令我坐在他的對面。

那兩個年輕人便忙於替我記錄體溫，測度我那脈搏等等的工作。

在剎那間，我假冒的身分，面臨被揭穿的最高峰，幸而那兩個年輕人並沒有拉起我的衣服來，不然，我一定立即被揭穿了。

而那時，我也知道，何以我一進房間，便會有極其恐怖的感覺的由來了！因為有一陣陣極低極低的聲音，傳入我的耳中。我難以形容那是什麼聲音，那像是好幾個人在一起發出絕望的呼叫聲。但是那聲音卻實在太微弱了，必須屏住了氣息，才可以聽得出來。

就是那種聲音，予人恐怖之感！

而我雖然隱隱約約地聽到那種聲音，卻也不能肯定那種聲音是何處發出來的。我屏住了氣息，以便將那種聲音聽得更清楚些，但是當我真正聚精會神時，那種聲音反倒不存在了，那令我感到一分疑惑。

一定是我的神情實在太全神貫注了，是以引起蒙博士的注意，他問我：

「你在作什麼？」

我道：「我好像聽到一種十分怪的聲音。」

我看到蒙博士的神色變了一變，他道：「你弄錯了，到了你這年紀，聽覺是不會太靈敏的了。」

我看出他在說話的時候，還在竭力裝出一個笑容來，可是他的笑容，卻極其勉強。

這時，一個年輕人走了過來：「老先生，請你躺在那張牀上去。」

我依言走到牀邊，躺了下去，那年輕人伸手按在我的胸前，我看到他自一具儀器中，拉出了一條很長的管子來，那管子的一端，是一枚很長的針。

然後他道：「捲起你的衣袖來。」

我的手部，雖然經過化裝，但化裝卻只到手腕為止，如果捲起衣袖來，那麼我肌肉結實的手臂，絕不是一個老人所有的，也立即不能再假冒下去了。

我想了想，並不動手，只是問道：「作什麼？」

那年輕人笑着：「我們會注射一些東西進你的靜脈，使你的血液起變化。」

我忙道：「那太可怕了，我不幹了！」

蒙博士來到了我的身邊：「老先生，可是，那是你自己同意的啊。」

我搖着頭：「雖然我曾經同意，但現在我害怕起來，我不幹了！」

蒙博士的聲音，十分柔和，他道：「老先生，對你來說，實在沒有什麼值得可怕的，你已經快死了，最多是死，請問，你還有什麼可怕的？」

他們一面說，一面突然抓住我的手臂，我用力一掙，我身上的衣服，全是陳年的舊貨，經不起我的一掙，「嗤」地一聲響，一隻衣袖已斷了下來。

衣袖一撕了下來，我看到那兩個年輕人和蒙博士，都呆了一呆。

而我立即知道，我再留下去，絕不會有什麼好處，是以我陡地從牀上跳了起來，向窗前衝去，我準備衝到了窗前，立時穿窗而出。

可是，我還未曾穿到窗前，槍聲便響了，隨着槍聲，便是蒙博士的大喝：

「站住！」

我不得不站住，因為那子彈就在我的身邊掠過，擊破了我身前的窗子。

蒙博士接着命令道：「轉過身來！」

我轉過身來，蒙博士陰森的臉上，充滿了怒容。

他面上肌肉抽搐着，眼中閃耀着憤怒的火花，我很少看到一個人憤怒到這種地步的。

他厲聲道：「你是誰？」

我苦笑了一下，攤了攤手。

我還未曾出聲，但是他已在我的動作上，認出了我是誰來了，他道：「你是衛斯理？」

我只得點了點頭。

他咬牙切齒地道：「衛斯理，我認為你是一個卑鄙無信的小人！」

他用那樣刻薄的話罵着我，自然是因為我答應了他，不再干擾他的事，但是卻又假扮了老人前來偵查他的緣故，由於我確然曾答應過他，是以我也不說什麼，只是道：「真對不起，蒙博士！」

在那一剎間，我看到蒙博士的手指在槍機上漸漸扣緊，那令得我大吃一驚！

我忙道：「蒙博士，我只不過是好奇，你何必那樣緊張？這……只不過是玩笑罷了！」

蒙博士的面色鐵青：「好奇就是你們這種笨蛋的致命傷，與你無關的事，你好什麼奇？像你這樣的人，是典型的小人，世界上很多紛擾，就是因為你這種多管閒事的小人而引起的！」

我很少給人那樣地罵過，而且，蒙博士罵我的話，太不客氣了。好奇心絕不是人類的美德，但是我要探索蒙博士的秘密，我那種好奇，卻和無知之徒湧在街上看熱鬧的那種好奇，不可同日而語。

所以我立即道：「博士，你太苛責我了，如果不是好奇心，你也一定不會去研究人的生命的奧秘，也不會想到如何使老人回復青春！」

蒙博士仍然雙目神光炯炯地望着我，但是我卻注意到他扣住槍機的手指，不再那麼緊，這令得我鬆了一口氣，我又道：「博士，你那種試驗，對人類來說，是一項偉大的貢獻，你可以將之公開的，為什麼你要那樣……神秘呢？」

我本來是想問他為什麼要那樣鬼鬼祟祟的，但是繼而一想，現在那樣的情形下，自然是以不激怒他為妙，是以才中途改了口。

蒙博士望了我半晌，才道：「因為我的試驗，沒有成功，失敗了！」

當他那樣講的時候，他的臉上，現出相當沮喪的神情來，他面部的線條，本來是十分堅強的，以至令得他的臉面，看來像是石頭雕刻出來的一樣。

也正因為如此，所以他那時現出沮喪的神情，也更可以使人深切了解到他心中的苦況。

我攤了攤手：「博士，沒有什麼科學成就是一次就成功的！」

蒙博士突然吼叫了起來：「我比你更明白這個道理，可是你知道麼？我一上來就用人來做試驗，而我的試驗卻一直失敗！」

我聽得蒙博士那樣講法，也不禁陡地打了一個寒顫，我小心地反問道：「你是說，你已殺死了近二十個老年人，那是因為你的試驗失敗了？」

蒙博士尖聲笑了起來，他的笑聲十分可怖，在恐怖電影中，那種怪醫生怪博士的配音，望塵莫及，他笑了足足半分鐘，才道：「不，他們沒有死。」

我大大地鬆了口氣！

因為如果蒙博士已經殺死了近二十個老人的話，他不會在乎多殺我一個，如今那些老人既然沒有死，他自然不會殺我。

我的膽子大了許多：「那麼，你可以再繼續進行試驗。」

蒙博士望了我半晌，我不知道他在想什麼，他可能根本沒有聽到我的話，在那樣的情形下，我自然也只好靜了下來。

靜了足有幾分鐘，蒙博士的手槍，始終對着我，然後，蒙博士才道：「我不知如何處置你才好！」

我趁機道：「博士，最好的辦法，是讓我參加你的工作，我對一切稀奇古怪的事，都很有興趣。」

蒙博士「嘿嘿」地笑了起來：「你參加我的工作？像你這種沒有信用的小人，我能信任你麼？」

我不禁有點光火，大聲道：「好吧，你可以一槍把我打死！」

蒙博士又靜默了半晌，才道：「好，我可以先讓你看看我試驗的惡果，你先去將化裝弄乾淨，我們或者可以合作的。」

我十分高興：「那太好了，我雖然不是專家，但是我在理論上，支持一切世俗眼光認為不可能的事，在別人想來，回復青春，是根本不可能的事，但是我至少不否認這種事的可能性！」

蒙博士點頭道：「這一點，對我們的工作來說，是極其重要！」

他一面說着，一面已收起了槍來，同時向那兩個年輕人，揮了揮手，我跟着他們，一起走了出去，回到了之前那間房間中。

在那房間中，我用了大半小時來清除化裝，回復了我本來的面目。當我走出房間時，迎面碰到了那曾為我送食物來的女人，她顯然已從蒙博士口中知道是怎麼一回事了，是以一見到了我，臉上頓時紅了起來，低着頭，匆匆在我身邊，走了過去。

在那一剎間，我真想開開她的玩笑，但是我卻沒有做什麼，因為那兩個年輕人已在我的面前出現，他們臉上的神情，十分嚴肅。

接着，蒙博士也迎面走來。

蒙博士來到我的面前之後，帶着我向走廊的一端走去，一面走，他一面說道：「我的試驗失敗了，在世俗法律的眼光來看，我是有罪的。」

他停了一停，像是在觀察我的反應，我沒有表示什麼，只是等他講下去。

蒙博士又道：「法律是得可笑的，殺死一個九十八歲的老太婆，和殺死一個十幾歲的少女，罪名相等。一個人若是生了癌症，會在絕大的痛苦中死亡，但如果有人想令他減輕痛苦，早一點令他在毫無痛苦中死去的話，他犯謀殺罪。」

我道：「一個人在未死之前，沒有什麼人有權取走他的生命。」

「自欺欺人！」蒙博士叫了起來：「那純粹是自欺欺人，誰都知道他很快會死，可是卻還希望有奇蹟出現，奇蹟在哪裏？」

我沒有再說什麼，因為這個問題，我的看法是和蒙博士相同的，對一個明知沒有希望的病人而言，快一些死，實在比活着抵受痛苦仁慈得多。

可是法律的觀點不同，那又有什麼好說的？

我們在說話時間，已來到了走廊盡頭的一扇門前，蒙博士取出了一串鑰匙來，打開了那扇門。那扇門才一打開，我又聽到了那種令人毛髮直豎的聲音！

這一次，那種恐怖之極的聲音，聽來清楚了許多，好像就是從那間房間中發出來的，但是當我向那房間看去時，卻發現那房間是空的。

那間房間十分奇特，它沒有任何陳設，但是三面牆上，卻各有着四扇門，總共是十二扇門。我走了進來之後，不由自主，感到了陣陣寒意，我下意識中已經有那樣的感覺，我感到有什麼極其可怕的事，就快要發生：那一定是我前所未經歷過的可怕事情。

我向蒙博士看去，只見他的臉色，也十分可怕，接近死灰色，他先鄭重其事地鎖好了門，然後，他轉過頭來，望着我。

他勉強地笑着：「你的臉色不很好，你是不是聽到了什麼聲音？」

我忙道：「是的，那是什麼聲音？何以那麼可怖，像是……像是……」

我一時之間，也難以找得出適當的形容詞來。

蒙博士道：「是的，這種聲音的確很令人討厭，衛先生，你必須鎮定些，因為等一會，你所看到的情形，可能是你一生中從未見過的。」

我點着頭：「我已有準備了。」

蒙博士到了那十二扇門中的一扇之前，找出了一柄鑰匙，將鎖打開。

當他開了鎖之後，他又停了片刻，像是沒有勇氣將門打開來，我一聲不出地等着，自然十分緊張，手心在不由自主冒着汗。

我等了足有一分鐘之久，才看到蒙博士回過頭來，向我苦笑了一下，然後，才突然推開了門。而當他一推開門之後，他立時向後跳了出來，我想不到蒙博士的動作，竟如此之矯健。

他跳到了我的身邊，抓着我的手臂，他手指用力，以至我的手臂被他抓得十分痛，我更知道一定會有可怕的事發生！

我屏氣靜息，向那度被蒙博士推開的門看去，我看到，那是一間很小的房間。

第四部
試驗失敗的可怕結果

那房間大約只有五十平方呎，在房間中，除了一張牀之外，沒有別的什麼。牀上十分凌亂，分明是有人睡過，但是牀上卻沒有人，而房間中，也只有一張牀。

我呆了一呆，明知那房間，不應該只有一張牀，但是我只是看到一張牀，沒有看到旁的什麼。我問道：「蒙博士，沒有什麼啊！」

蒙博士的聲音，像是他剛被人在肚子上狠狠地打了一拳之後發出呻吟聲來一樣：「他在牀下面，你向牀下面看！」

我立即向牀下看去！

我看到一個人伏在牀下面，我看不清那人在牀底下做什麼，只看到他伏着，他在左右擺動他的身子，看來好像並沒有什麼特別的地方。

我又道：「怎麼了？博士，那人在幹什麼？」

蒙博士還未曾回答我，我便聽到在牀底下的那人，發出了一下十分怪異的呼叫聲，然後，他的身子，從牀下爬了出來，坐在地上。

當他坐在地上之後，他抬頭向我們望來。

而當他抬頭向我們望來的那一剎間，我只覺得我全身的血液，都幾乎僵凝了！

我真的從來也未曾看到過如此可怕——或者應該說，如此超乎常理，如此詭異的情景！

坐在地上的，是一個人，毫無疑問的是一個人，可是那卻又實實在在不是一個人，他的樣子看來，像是一隻兔子，或者是別的什麼動物。

他的臉面之上，幾乎沒有五官，他的口部，只是一個在蠕動着的洞，他的皮膚是紅而起皺的，他的眼半張着，那實實在在，是一個看了之後，令得人永生難忘的怪物，恐怖到不能再恐怖的怪物！

我不由自主地叫了起來：「這是什麼，看老天的份上，這是什麼，快將門關上！」

蒙博士跳了過去，「砰」地一聲響，將門關上，然後，他轉過身來。

他喘着氣，我也喘着氣，不知過了多久，我全身直豎的汗毛，才漸漸平復了下來，我的身子，則在不住地發着抖，我道：「那……是什麼？」

蒙博士卻並不回答：「請你再看看另一個，我再詳細和你說。」

我忙搖手道：「別看了，還是別看的好。」

蒙博士道：「我很同情你，但是我還是要請你看一看，你放心，你不會受到損害。」

我苦笑了一下，點了點頭。

蒙博士又打開了另一道門，當他打開了那道門之後，又退了開去，我看到那間房間要大得多，房間的中央，是一隻很大的氧氣箱。

蒙博士要我看的，顯然就是氧氣箱中的那東西！

我真是難以形容，那是什麼東西！

剛才那間房間之中，那自牀下蠕蠕爬出來，坐在地上的東西，固然可怖之極，但是卻還有着人的外形。就算不是人，那總也是動物。

可是這時，在那大玻璃氧氣箱中的東西，看來什麼也不像是動物，而像是什麼怪異絕倫的植物的果實，它大約有六尺長，一頭粗，一頭細，像是在動着，可是動作卻十分緩慢，隔上三二十秒，才見它鼓動一下。

我心中實在是駭異之極，以至我的口張得老大，可是卻一點聲音也發不出來。

我看到蒙博士走向前去，在氧氣箱之旁，檢查着一些儀表，緊蹙着眉，然後，他又退了開來，來到了我的面前。

直到那時，我才漸漸地緩過氣，講得出一句話來：「那……那是什麼？」

「你以前曾見過他的。」蒙博士有些答非所問。

「不，不，」我連忙否認：「我沒有見過，我從來也未曾見過那麼可怖的東西！」

蒙博士向我作了一個手勢，示意我走出房間去，我退了出來，他順手將門關上，然後他才道：「你是見過他的，他就是在歌劇院前的那位郭老先生！」

我聽得蒙博士那樣講法，剎那之間，我心頭所受的震動，真是文字難以形容，我突然抓住蒙博士的胸口衣服，尖聲道：「你將他怎樣了，你說！」蒙博士的神態，卻是十分鎮定，他定定地望着我，道：「他現在很好，一切很正常，但是再發展下去會怎樣，就很難說了。」

我實在不知道該如何責問蒙博士才好。蒙博士忽然又嘆一聲：「實驗的結果，一開始就出乎我的意料之外，我總希望發展下去的情形會好些，但現在看來，似乎也沒有希望了！」

我鬆開了緊抓博士胸口的衣服：「究竟是怎麼一回事？你是如何把一個人變成那樣的，你，你是一個魔鬼，魔鬼！」

我狠狠地罵着他「魔鬼」，但是蒙博士卻像是受了無限委屈一樣地望着我：「你說什麼？我將他變成那樣？事實上，每一個人開始有生命，都是那樣的！」

這一次，輪到我驚愕了，我驚愕得訥訥不能出口，道：「你說什麼？每一個人……生命的開始？」

「是的，」蒙博士的面上神情，十分之莊嚴，「每一個人都是如此，當精子和卵子結合，附在子宮壁上，到了第九天時，就是那樣的。當然，現在你看到的，比他第一次生命發生時，大了幾十萬倍。」

我不斷地搖着頭，我自己也不明白我為什麼要搖頭，但是我卻仍然非搖頭不可。

我想大概是我想藉着搖頭的動作，來否定蒙博士那種荒唐的說法吧。

然而，看到蒙博士臉上的神情如此之嚴肅，我知道單是搖頭是沒有用的。

我深深地吸了一口氣，想令我的心跳，不要如此劇烈，但是卻沒有用。

過了好久，我才問：「博士，你在說什麼？你是說，他……他現在情形，和他的生命才發生時……是完全一樣的。」

蒙博士聽了我的話，很滿意地點了點頭：「是的，你異於常人，很容易明白。」

蒙博士居然這樣誇獎我，這更令我啼笑皆非，我又張口結舌了半晌，才道：「可是……那……怎麼可能呢？那實在是不可能的，他……的生命重歷一次，完全從頭開始，再來一次？」

「是的，完全從頭開始，再來一次。」蒙博士回答了我的話。

我沒有別的話可說了，只是嘆了一口氣。

又過了一會，在那一段大約只有三五分鐘的時間中，我感到我自己的身子，像是在半空之中飄蕩，而決不是雙腳踏在實地之上！

我苦笑着，攤着手，但不論我用何種神情，何種動作，何種語言，都難以表達我心中的情緒！

我過了好久，才又問出了一句話來：「你……你是根據什麼……用了什麼方法才……造成那樣的結果？」

蒙博士背負着雙手，向外走去，並不立即回答我的問題，我跟在他後面，一直來到了他的辦公室中，他先斟了一杯酒給我，但是我卻伸手自他的手中，奪過了酒瓶，「骨嘟嘟」地喝了好幾口。

蒙博士望着我：「受刺激了？」

我鬆了一口氣：「我沒有發瘋，總算是好的了，你竟那樣玩弄生命！」

蒙博士道：「我的原意不是那樣的，我利用了一種內分泌液，那種內分泌液，是每一個人的身體內都有的，我並不是最早發現那種內分泌液的，這種內分泌液，叫作防衰老素。」

「那我知道，如果人體內沒有了防衰老素，那麼這個人就會迅速衰老。」

「是的，我就是利用相反的原理，如果大量注射這種防衰老素，那麼，老人就應該會回復青春，這在理論上是完全站得住的。」

我點着頭，沒有插口。

蒙博士又道：「我想，在經過那樣的注射之後，人可能會年輕十年，或是二十年，或者一點也不起作用，但第一次實驗，就出現了意外，我的理論是站得住的，連續接受注射的人，的確是年輕了！」

我叫了起來：「可是他不是年輕了二十年或三十年，而是回到了生命的起點。」

蒙博士道：「而且他只是年輕，他的體積並不縮小！」

我又不由自主地搖起頭來。

蒙博士道：「當我第一次看到接受注射者發生變化，在二十四小時之內，竟回復到精子和卵子初結合時的狀態時，我駭異和歡喜交迸。」

「你覺得歡喜？」我大聲責問。

「自然歡喜！」蒙博士說：「因為我使得一個人的生命，從頭開始，再來一次，可是漸漸地，我卻知道，我失敗了。」

我站了起來，來回走着，我像是每一腳都踩在雲端一樣。因為蒙博士在說的一切，和我剛才所看到的一切，全超乎想像之外。

誰都知道，生命的起源，是兩個細胞的結合，微小得要用顯微鏡才觀察得到，而現在，這種變化，竟在一個快死的老年人身上整個地發生，人回到了原始細胞的狀態，而體積如此之龐大。

如果以後的成長過程中，按照比例長大，那麼這個人該有多麼大？他一定比喜馬拉雅山更高！

我發覺自己的喉間在奇怪地「咯咯」作響，那是因為我想到了太多不可思議的事，但是卻又說不出其所以然來，而產生出來的一種怪聲音。

我深深地吸着氣，不讓這種聲音繼續發出來，過了好一會，才道：「你失敗在什麼地方？博士，是不是他們不斷長大？」

「不，不是。」蒙博士用手托着頭：「他們一直保持着原來的大小。」

「那麼失敗在何處呢？照你的理論來說，在經過了二百九十天之後，他們就會發展成一個初生的嬰兒，雖然他們的身體像成人，他們會『長大』，開始新的生活，那怎麼叫失敗呢？」我問。

蒙博士的話，變得十分之緩慢，他道：「是的，理論上的確如此，當我看到我試驗的結果，是使人的生命，回復到了如此原始的狀態中時，我也那樣想，可是，我卻失敗了！」

蒙博士抬起頭來，他炯炯有神的雙眼，變得有些目光散亂，他繼續道：「時間一天天過去，我每天十幾次觀察他們的發展和變化，一方面仍繼續進行試驗，結果，你第一次看到的那個，是成績最好的。」

我只感到自脊梁上，直生出了一股寒意，忙道：「什麼意思？」

「你看到的那個，是第一個接受試驗的老人，他是一個八十四歲的流浪漢，他接受注射，是十個月以前的事，已經十個月了！」

我迅速地吸進了一口氣，道：「十個月了，照說，他應該變成一個出生的嬰孩了！」

「是的，理論上如此，可是事實上，我們找不出是什麼原因，在發育過程中，他逸出了人體發育的規律，他變成了……人以外的另一種生物，他算還是……最像人的……」

我的全身都有一陣極其麻痺的感覺，坐倒在沙發上，雙手緊握着拳：「其餘的呢？」

蒙博士道：「如果你自信神經夠健全的話，你可以去看看他們，他們……」

蒙博士的話未曾說完，我已尖聲叫了起來：「不要，我不要看他們！」

我是真的不要看他們，我想起蒙博士所說的那個「成績最好」、「最像人」的那種怪物，是如何的可怖和醜惡，怎敢再多看別的？

蒙博士的試驗，自然失敗，他用一種特殊的內分泌液注射，使人的生命，回到最原始的狀態，但是那生命再發育，再長大的時候，變成的卻不是人，而是從來也未曾在世上出現過的另一種生物。

這實在是駭人聽聞到了極點的事！

蒙博士道：「我了解你，連我自己也不想再去多看他們一眼，但是你總得有點概念，我想，你可以看看他們的照片！」

他講到這裏，略頓了一頓，才又道：「只看照片，總比較好些，而且，你如果不去想他們以前是人，那也比較好一些。」

他説着，拉開了抽屜，取出了一隻牛皮紙做成的大信封，放在我的膝上。

我的雙膝本來是很穩定的，可是當那牛皮紙袋放上來之後，雙膝便不由自主發起抖來。

蒙博士道：「這裏是四個，他們都有七個月到十個月的時間，我認為他們是定了型的，他們再長大，樣子也不會變到哪裏去，其差別不外和一個正常的嬰兒與一個成人的差異而已。你不妨看仔細一些，比較他們之間，是如何地不同！」

我拿住了信封，沒有勇氣將之打開來。

蒙博士又嘆了一聲：「他們竟是如此不同，真難想像他們原來全是人！」

蒙博士的神態和語氣，都比剛才鎮定了許多，連帶使我也變得鎮定起來。

我抽出了信紙中的相片。相片一共四張，每一張都是六吋乘八吋大小，照片拍得十分清楚，我看到的一張，照片上是一個很大的肉球，在那肉球之上，有若干小孔，小孔中像是有東西分泌出來。在肉球的左右，各有兩個突出的角狀物。

那樣的一個肉球，是根本無法將之和人發生任何聯想的。

但是我卻確確實實知道那是一個人變的，是一個人的生命回到原始的生命發生狀態之後再發育而成的！

我閉上眼睛一會，竭力壓制着心口那陣作悶想嘔吐的感覺，然後再睜開眼來看第二張。第二張照片上的東西，看來像一條魚，當然不是真的像魚，只是它的大體形狀，它一頭粗，一頭細，細的一端，彎起成鈎形，在粗的一端，有着三四個像肉縫一樣的孔，那種令人起肉痱子的肉紅色，看了之後，說不出來的不舒服。

第三張照片中的怪物，更超乎想象之外，在玻璃箱中，它的形狀實在難以形容，勉強要形容的話，只好說它像一大團搓好了、準備發酵的麵粉，但是那「麵粉」卻又調得太稀了一些！我不自覺地嘆了一口氣，再去看第四張。

當我看到第四張時，我不由自主，喉間又發出了一陣「咯咯」聲來。

那照片上的東西，像一隻爛破鞋底，而在它的四周圍，竟有着不少觸鬚！

我放下照片：「博士，沒有那種東西，根本沒有那種東西！」

蒙博士沉聲道：「衛先生，別自欺欺人了，他們全在，而且是活的，他們是另一種生物，你要不要去看看他們，如果你認為沒有他們！」

我立時投降了，忙道：「好了，好了，我不想去看他們，不要再提了！」

蒙博士道：「你別忘記你要參加我們的工作，你一定要鎮定。」

我道：「你是在要求我成為冷血動物，他們原來是人，但他們現在卻變成了那樣的怪物！」

蒙博士望定了我：「是的，他們變成了怪物，但是他們原來的生命，已走到了盡頭，如今，他們卻獲得了新的生命！」

「那樣的新生命！」我叫了起來。

「總之他們是新生命，」蒙博士的聲音十分嚴肅，「當他們有了思想之後，他們可能會認為我們的樣子難看得要死！」

「有思想能力？那樣的怪物，怎會有思想能力？」我大聲叫嚷着。

「會有的，我已對他們的腦部，作過詳細的檢查，他們的外形雖然變成那樣子，但是他們的腦部的發育，卻還是和常人無異，而且，他們也有視覺器官和聽覺器官，為什麼不能思想？」

我走向前去，捉住了博士的雙手道：「停止，你應該停止了，將那些怪物毀去，停止你的實驗！」

蒙博士斥道：「胡說，他們全是生命，是新生的生命，你對垂死的生命，那麼仁慈，何以對新的生命，卻那麼殘忍？」

我張口結舌，說不上來。

蒙博士緩緩地道：「我想人類的概念要改變了！」

我遲疑地問道：「你的意思是——」

蒙博士道：「我的意思是說，以前提到人，只有白種人、黃種人、黑種人之分，但是現在，將來，應該有球形的人、圓形的人、扁形的人、有觸鬚的人等等之分。」

我的眼張得老大，樣子像一個傻瓜。

蒙博士道：「事實上，這種觀念還不是我首先提出來的，你自然記得邁杜陀里鎮靜劑？」

「是，我記得。」

「孕婦在服食這種鎮靜劑之後，影響了胎兒的發育，所以生下來的胎兒，和我們是不同的。」

「他們是畸形的，」我說：「他們沒有手臂，沒有手，但是那種情形早已不再有了。」

蒙博士道：「這種情形雖然不再存在了，這一類沒有手臂的人，數量也不多，但是他們在漸漸地長大，他們是另一種人，和我們不同的。」

我忙道：「那怎可算是另一種人？他們只不過是殘廢，先天的殘廢而已！」

「不！」蒙博士大聲否定我的說法：「他們是另一種人，他們在母體的子宮之內，發育過程和我們不同，他們是無臂人，我曾經對兩個那樣的嬰兒，作過詳細的檢查，發現他們細胞的染色體數字，也和我們大大有異，現在還未曾有無臂人的下一代，然而我敢說，無臂人的遺傳因子中，無臂的成分十分高！」

我苦笑着，道：「你是說，他們會自成一種人種，一直繁衍下去？」

蒙博士點頭道：「理論上是如此。」

我的心中感到了一種莫名的重壓，我非要大聲叫嚷，來衝破那股無形的重壓不可，所以我大聲叫了起來，我叫道：「就算無臂人是另一種人，但你製造出來的怪物卻不是人！」

蒙博士的目光嚴峻，他的臉上肌肉，堅凝得如同石頭雕刻一樣，他緩緩地道：「衛先生，你說這樣的話，犯了兩個錯誤，第一，那種形狀怪異的人，並不是我製造出來的，而是他們回到生命的起點重新發育的結果。」

「第二，只要他們有人的腦子，人的思想，你決計無法不承認他們是人！」蒙博士續說。

我像是喉間被人用手緊緊地扼住一般，那種窒息的、不舒服的感覺，實在難以形容。

試想想，世上有那麼多老人，本來，老人都會死去，多少年來，全是那樣，人類也早以習慣了死亡。但現在卻不，蒙博士有辦法令生命再來一次，而另一次的生命，卻是像肉球的，像麵粉糰的怪物。

如果這樣的怪物也算人，如果我們和這種怪物一起生活在地球上，如果我們和這種怪物一起在餐廳中進餐，一起在路上走，一起擠公共汽車……

那實在是無法想像的事！

蒙博士居然在那種時刻，向我點頭微笑，他道：「你感到難以想像，是不是？人對於新事物總是難以想像的，但是久而久之，就會習慣了。」

蒙博士的話，令我感到無法反駁，我呆了半晌，才道：「那樣說來，你成功了，並不是失敗了，因為你終究使生命得到了延續，你的辦法推廣下去，世上就沒有死亡，只有再生了！」

蒙博士嘆了一聲：「在這一點上，我算是成功了，但是在我原來的計劃而言，我卻徹底失敗了。我使得一個將死的人又獲得了生命，看來是很有意義的事，實際上卻一點意義也沒有，即使是一雙最無知的男女，只要有性交的能力，就可以達成產生新生命的目的。我要的不是那樣的成功！」

「那你需要什麼樣的成功？」

「我要一個老人，真正回到他年輕的時代，他的思想，他的身體，全是年輕的，只有他的知識是豐富的，如果可以做到這一點，那才是新的境界！」

我盡量使我的語言保持冷靜，我道：「博士，放棄這念頭吧，那不可能，你別再試驗下去了，再試驗下去，只有製造更多的怪物！」

蒙博士立時斥道：「胡説，我已經證明了生命是可以從頭再來一次的，只不過我的試驗還未曾做到十全十美的境界而已，怎可以在大有成績的時候放棄？」

我從蒙博士的臉上那種神情中，看出他決不會接受我的勸告，所以我還有一番話想講，終於只是口唇掀動了一下，未曾講出來。

我雖然沒有再説什麼，但是蒙博士卻還不肯放過我，他緊接着道：「你曾答應過參加我的工作，我正需要你這樣的人來做我的助手！」

我沒有立即回答，而這時，我腦中正在迅速地轉着念，現在是我面臨決定的時刻了，我必須作出決定。當然，我是絕無法參加博士的實驗工作的。

蒙博士所做的一切，是不是算犯罪，相信最精通法律的人，也難以作出決定，但是他的工作，至少令我噁心，一想起那些怪物來，我就會寢食不安。

我心中迅速地想着，慢慢地舉起手來：「關於這事……」

蒙博士道：「怎麼樣？」

我笑了一下：「那就是我的決定！」

蒙博士瞪大了眼，在等着我的決定，他做夢也想不到，我的決定，是對準了他的下頦的重重一拳！

這時，房間中只有我和博士兩個人，所以我出其不意地一動手便佔了上風。博士的身子因為那一拳而向後倒去，他完全沒有還手的機會。我又在他的頭上，加上一拳，他軟倒在地上，我在他的身上，搜出了那柄槍來。

然後，我將他放在沙發上，舉起了他的手，撐住了他的頭。

那樣子，使得博士看來好像是撐着頭，坐在沙發上在休息，就算有人進來，總還可以藉此掩飾幾秒鐘。

我吸了一口氣，打開了門，走了出去。

第五部

# 迅速的撤退

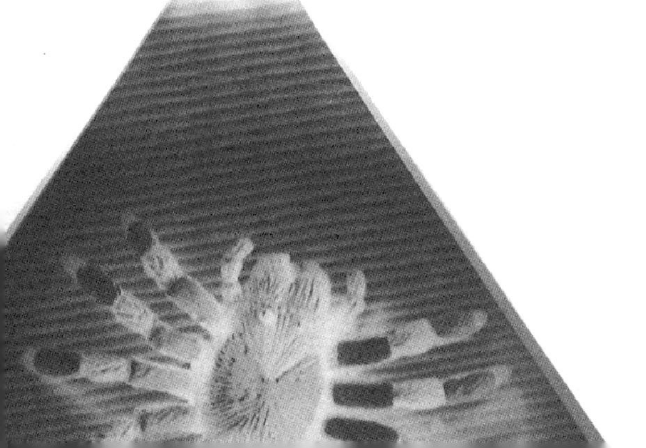

走廊中有兩個年輕人站着，一看到了我，就現出十分注意的神色，我知道這時候，我是一點不能表現出沉不住氣的。

所以我反向他們兩人，招了招手：「請過來。」

那兩個年輕人互望了一眼，顯然弄不清我用意何在，但是他們還是向我走了過來，我等到他們走近，便大模大樣吩咐道：「替我準備一輛車。」

他們的臉上現出疑惑的神色來，我根本不給他們多作考慮，便道：「我和博士談好了，我來參加他的工作，我要回去拿些東西，博士就在裏面，你們是不是要去問一問他才肯聽我的話？」

我一面說，一面作勢要去推門。

這時候，我作兩個打算，如果他們真的要探頭進去看博士的話，那我在他們的背後突然偷襲，足可以將他們兩人也擊昏過去的。

而如果他們表示信我的話，那自然最好了。

結果，在我作勢去推門之際，他們兩人一起道：「不必了，但是我們……沒有多餘的車子。」

我顯得不耐煩：「那麼，打電話替我召一輛計程車來！」

他們兩人答應着，我已向門口走去，當我來到了門口之後不久，一輛計程車也來了，我發現那兩個年輕人一直在我的身後，我在上車的時候，還向他們揮了揮手。

計程車駛出了街口，我吩咐司機駛得快些，我大口大口地吸着氣，像是我才被活埋過而又掘了出來一樣。

我當然不曾被活埋過，但是我卻的確有那種極度窒息之感。

我的怪動作，引得那司機頻頻向我看來，而且還十分關心地問道：「先生，不舒服麼？」

我忙道：「沒有，我只希望快一點到，請你將車子開快一些。」

那司機十分喜歡説話，又道：「先生，你的臉色很不好，你好像剛給人家綁了票，從匪巢逃了出來。」

我勉強又笑了一下，車子已轉進了鬧市，不一會，便在小郭的事務所前，停了下來。

我幾乎是直衝進小郭的事務所的，所有的人，全以十分奇怪的神色望着我，我推開了小郭辦公室的門，小郭正和一個珠光寶氣的胖婦人在交談着。

我當時的樣子，一定十分難看，因為那胖婦人一看到了我，竟肉麻當有趣地尖叫了起來。

我冷冷地向那胖婦人瞪了一眼，喝道：「出去！」

那胖婦人不知所措地站了起來，我再度大喝一聲，她狼狽奔了出去，我關好了門，小郭攤了攤手：「你趕走了我的主顧了！」

我並不說什麼，拉開他的酒櫃，取出一瓶威士忌來，拔開了塞，喝了兩大口，才轉過頭來：「小郭，你比我幸運得多！」

小郭不知道是什麼意思，只是瞪大了眼望着我，我又道：「你沒有給他們揀中，而我卻遇到了蒙博士，給他們帶去做實驗！」

小郭立時現出十分興奮的神情來：「真的，你遇到了一些什麼？」

我的腦中十分亂，我遇到的事太多了，一下子也根本難以講得完，而且，我講出來，小郭也未必會相信的，所以我只是喘着氣。

小郭是深知我為人的，是以他看到我這等情形，更知道事情非同小可！

小郭連忙道：「你怎麼？可是你已被他們——」

他的話還未曾講完，我便想起那些接受試驗的老人，變成的那種怪樣子來，我忙搖頭道：「不，我沒有什麼，沒有什麼發生在我的身上！」

小郭呆呆地着望我，他大概也被我的神態嚇呆了，所以一句話也講不出來，直到我漸漸緩過氣來，他才又道：「那麼……究竟怎麼了。」

我想告訴他，我在蒙博士那裏，究竟見到了一些什麼。但是那樣的事，我甚至連再想一想的勇氣都沒有，別說再叫我講一遍了。

我搖着頭：「別問我。」

小郭苦笑着：「別問你？那怎麼行，我要知道事情的真相啊。」

我站了起來：「我給你一個地址，你快去知會警方，最好和警方的高級人員一起去，到了那裏之後，你就可以知道真相了！」

我講完之後，又喘了幾下，才將蒙博士的地址，對他講了出來。

小郭連忙振筆疾書，將我告訴他的地址，記了下來，但是他的臉上，仍然充滿了疑惑的神色！

但是，我不等他問出來，便道：「你不必問我為什麼，等你到了那裏，看到了那裏的情形之後，你也會和我一樣，再也不願提起它！」

小郭沒有說什麼，我像是喝醉酒一樣，搖搖晃晃地向外走去。

小郭忙道：「要不要我送你回去？」

我搖手道：「當然不必，你還是快和警方聯絡的好，遲了怕會有意外。」

小郭點着頭，我走出了他的事務所，出了那幢大廈，然後回到了家中，蒙頭大睡。

我在熟睡中，做了很多噩夢，最後，我夢見那個肉球一樣的怪物，伸出章魚觸鬚似的東西，在搖我的身子，我嚇得大叫了起來。

我一面叫，一面睜開了眼，在我的面前，當然不是那個肉球，而是一張十分美麗的臉，屬於我的妻子白素。

在那一剎間，我不禁發起呆來，白素自然是美麗可愛，但是人的樣子，在別的生物眼中看來，是不是也可以算怪異莫名的呢，我自問着。

如果我是樣子與人截然不同的生物，那麼看到人的怪模樣之後，說不定也會引起一陣噁心的。

人的樣子，如果仔細形容起來，真可以說是怪到了極點，試看，人有一個球狀體在最上面，在那圓球之上，有幾個孔眼，其中的兩個孔眼上，還生着毛，而整個圓球上，也有毛，在一個大洞中，甚至還有一條會伸縮的軟的，有着發膩的液體，異樣的紅色的東西，和兩排白森森的骨頭！夠了，只要看到人的頭，已是夠怪異了，但是因為我們一出世就看到它，所以一點不覺得怪，還會覺得它美麗可愛！

白素看到我那樣一眨也不眨地瞪着她，十分吃驚：「你怎麼了？」

我忙道：「沒有什麼，我……做了一個大噩夢，幸虧你及時搖醒了我。」

白素笑了起來：「我不是因為你做噩夢而搖醒你的，有客人來了。」

我懶洋洋地問道：「什麼人？」

「小郭，還有警方的傑克中校。」

一聽得是他們兩人，我立時從牀上，直跳了起來，他們兩人來了，那一定是為了蒙博士的事情。」

但是白素卻現出十分憂慮的神色來：「你可是闖了什麼禍？因為我看到那位中校，似乎十分惱怒，小郭也有點手足無措的樣子。」

我搖着頭道：「不，我沒有闖禍。」

在我那樣講的時候，我心中想，傑克和小郭兩人，一個惱怒，一個不知所措，那應該是看到了蒙博士那裏的情形之後，正常的反應。

但是接着，我便知道我自己想錯了。

我急急地向客廳走去，當我看到了小郭和傑克中校之際，他們兩人的神情，正如白素所形容，但是出乎我意料之外的是，傑克中校本來是在來回踱步的，但是他在一看到了我之後，便立時站定了身子，冷冷地道：「來了，英雄人物來了！」

小郭也連忙從沙發上站起來，苦笑着：「你將我害苦了！」

我還不知道發生了什麼事，所以我道：「小郭，但是你總算看到了事情的真相。」

傑克中校突然大叫了起來：「我們什麼也沒有看到，只看到你這小丑，在胡言亂語！」

聽得傑克中校那樣講，我不禁大為愕然，我暫且壓抑着心頭的怒意：「這是什麼意思？」

小郭苦笑着：「照你所說的地址，我和警方人員一起趕去，可是，那是一所空屋子！」

「空屋子？」我叫了起來。

傑克仍然氣乎乎地望我，小郭則點頭道：「是的，全是空的，什麼也沒有。」

我忙道：「那不可能，我離開並沒有多久，你們可能是找錯了地方，我們再去！」

傑克中校冷冷地道：「衛斯理，你花樣實在太多，我可沒有興趣了。」

我大聲道：「你一定要去，在那裏，你會見到前所未見的怪誕東西。」

小郭究竟對我有信心，他立即站到我這一邊：「好，我們再去！」

我們兩個人都向傑克中校望去，傑克畢竟也是一位十分出色的警務人員，只要事情有值得懷疑之處，他也不會放棄的，所以，他呆了半分鐘之後，自嘲地道：「好，我不妨再去做一次傻瓜！」

我們三人一起出了門，門外停着一輛警車，我請駕車的那位警員坐開去，由我來駕駛，我將車子的速度，提高到了可怕的程度，相信有史以來，從來未有一輛警車，如此在市區之內橫衝直撞的。

我將車突然停了下來，車子正在蒙博士的住所門口，傑克也立時發出了一下冷笑：「我們沒有找錯地方，看看我們的大英雄，能發現一些什麼？」

我忍耐着傑克的冷嘲熱諷：「小郭，你們剛才才來的就是這裏？」

小郭點頭道：「是的，是這裏。」

我略呆了幾秒鐘，在那幾秒鐘之內，我想了許多事，我想到我在這屋子中所見到的和聽到的一切，那一定是事實，絕不可能是我個人的幻覺！

由於我在車中坐着不動，是以傑克又惡言相向起來，他冷笑着道：「咦？怎樣了？臨陣退縮了？還是要告訴我們，你只是做了一場夢？」

「傑克！」我不禁十分氣憤，大喝了一聲：「不要那樣，或許是在我離開之後，他們知道本身的秘密不能保留，是以迅速撤退了！」

我講到這裏，略頓了一頓，傑克仍然用不屑的神情望着我，他能夠有一個機會那樣攻擊我，他心中可能得意得要將這件事刻在墓碑之上的。

因為我和他打過很多次交道，每次都是他落下風，他的心中，有着一股對我難以宣泄的恨意，自然不肯放過我。

我繼續道：「只不過他們不會有太多的時間去撤退，他們一定會留下些東西，我也一定可以在空屋子中找到了一點東西！」

傑克冷笑着道：「那你就去啊，還坐在車子中不動作什麼？」

我打開車門，跳下了車，小郭連忙跟在我的身後，傑克中校帶着幾個警員，也下了車，我們一起進了那幢外表看來十分古老的房屋。

像那樣外表古老的房屋，在本市可以是獨一無二的了，我當然不會找錯，而且在我進去之後，客廳中的陳設，並沒有多大的變更。

但是一切卻和上次來的時候大不相同，客廳之中凌亂不堪。

我繼續向前走去，我記得這房子的結構，我一間又一間房地找過去。可是找到的卻只是凌亂，有幾間房間，亂得像是有幾百頭大象來蹂躪過一樣。

我終於來到了蒙博士帶我看到了那兩個怪物的那間大房間門前。

那大房間在走廊的盡頭，我推了推門，門鎖着，我也懶得對傑克說話，只是向他作了一個手勢，傑克立時向門鎖射了兩槍。

門鎖損壞，我一腳踢開了門，走了進去。

才一走進來，未曾打開另外的幾扇門前，我自然看不到那些怪物，但是我已不由自主，起了一陣戰慄的感覺，我的聲音甚至也發起顫來。

我指着那些門，道：「那些門，你們看到沒有，你們只要打開其中的任何一扇，就可以看到你們一生之中，從來也未曾看見過的怪物！」

我一說完了那幾句話，立時大踏步地走了出去，小郭驚訝道：「咦，你作什麼？」

我已然退到了門外：「沒有什麼，只不過我不願意再看那些怪物而已。」

我在到了門外之後，又聽到了一下槍聲，然後便是「砰」地一聲，有一扇門被踹開的聲音，再接着，便是傑克的一下怒吼聲。

而我在那時，身子已不由自主，發起抖來。

想起那些小房間中的怪物，實在是沒有法子不發抖，我連忙又向前走出了兩步，對那種怪物，離得愈遠，心理上愈好過的。

但是，我才走開，我的肩頭，便已被人緊緊抓住。那種事發生在我的身上，真是講出去也沒有人相信的，因為我是一個身手極之敏捷的人，有人在背後走近我，我一定可以覺察。

但是，由於想起了那些怪物，心頭恐怖莫名，竟使我被人抓住了肩頭才知道。

我忙轉過身來，看到抓住我的肩頭的，正是傑克，我忙道：「你看到那些怪物了？你能夠想像……那些怪物原來是什麼樣子的！」

傑克放了我的肩頭，但是他卻大聲吼叫了起來：「我難以想像，你是那樣無聊的騙徒！」

我不禁愕然，傑克叫道：「那些小房間中什麼也沒有，全是空的！」

我本來是再也沒有勇氣走進那房間去的了，聽得那樣說，我才又走了進去，幾乎所有的門全被打開了，每一扇門內，都空空如也，什麼也沒有。

我衝到一扇門前，在那間房中，本來有一個玻璃氧氣箱，箱中有一個果實一樣的東西，據蒙博士說，那是人的生命形成時的原始形態。

但是。現在房間中什麼也沒有了！

我呆呆地站着，喃喃地道：「搬走了，他們竟什麼都搬走了！」

傑克在我身後冷笑着：「對不起，我也再見了！」

他向那幾個警員揮了揮手，幾個警員立時跟着他一起走了出去，小郭望着我，遲疑着未曾走，我則仍然像木頭一樣地站着。

過了好久，小郭才道：「你還不走麼？」

我搖着頭：「不走，我還要仔細地找一找，看看他們可有什麼東西留下來，他們並沒有多少時間，總應該有點東西留下的。」

小郭嘆了一聲：「你為什麼一定不肯告訴我，你在這裏遇見了什麼怪事？」

我望了小郭半晌，在我望着他的時候，我幾乎已要決定將事情的經過講給他聽了。但是終於，我還是改變了我的主意，我嘆了一聲：「不，我不說給你聽，你最好還是不知道。」

小郭有點生氣，但是在我的面前，他自然是發不出脾氣來的，他只是揮了揮手，我道：「我們上上下下找一找，看可有什麼值得注意的東西。」

小郭沒有再說什麼，於是我們就在這屋子中，仔細地搜尋起來，我們搜尋了好幾小時，才停止了那種沒有意義的工作。

我說這種工作沒有意義，是因為我們根本找不到什麼，什麼也沒有，留下來的東西，全是在任何屋子中都可以找得到的東西，而我想發現的一切，卻全被蒙博士所帶走了，蒙博士在撤退工作方面做得如此徹底，那實在是我料不到的事情。

我和小郭走出了那巨宅，來到了路上，我的神情十分沮喪，低着頭，慢慢地走着，小郭忽然道：「我倒有一條線索，可以追尋他們。」

我沮喪得甚至懶得講話，只是望着他。

小郭道：「他們搬走了許多東西——照你所說，那麼，他們一定要動用許多卡車，和許多十分熟練的搬運工人，一定是有規模的搬運公司來完成這件事的，你說是不是呢！」

「當然是！」我興奮了起來。

「去調查所有的搬運公司，可以有眉目，」小郭接着說：「這件事可以由我來進行，你應該去休息一下，你的精神似乎不很好。」

我知道以小郭的才能而論，進行一件那樣的事，簡直輕而易舉，而我，也的確需要休息一下了，所以我點了點頭。

小郭伸手，截住了一輛街車，他先讓我上車，我道：「別忘記，一有了消息，立即通知我！」

「當然，你放心！」他回答着。

我上了車，在車中，思緒混亂到了極點。

到了家中，我也一言不發，只是坐着發呆。

我想，在我離開之後，到小郭會同傑克，一起到那所古老大屋去，其間至多不過四五小時的時間，蒙博士的行事，竟如此乾淨俐落！

我實在難以想像他搬到什麼地方去了，在那屋子中，不但有器材，而且還有很多那樣的怪物！

現在，蒙博士在何處，只有依靠小郭的調查了，我不由自主地嘆起氣來，白素用同情的眼光望着我，柔聲道：「你有什麼心事？」

我搖了搖頭：「沒有什麼，我們要找的人走了，我正在想，他到什麼地方去了。」

白素握着我的手：「別想得太多了，你在想的事，實在都是和你無關的，是不是？」

我又呆了片刻，才道：「可以說沒有直接的關係，但是卻也不是全然無關，你還記得那天晚上，在歌劇院出來，我們見到的那中年人，他叫蒙博士，你知道蒙博士和生命開了什麼玩笑？」

白素搖了搖頭，並不出聲。

我又嘆了幾下，我本來是絕不想將蒙博士所作的一切講給任何人聽的，但是那樣的事，如果我藏在心裏，不講給人家聽，那又會造成我內心極大的不安，是以我還是非講出來不可。

我將蒙博士的所作所為，詳詳細細，向白素講了一遍。等到講完之後，白素的面色，十分蒼白，而我的心中，則輕鬆了不少。

過了好一會，白素才道：「那太可怕了，那實實在在，太可怕了！」

我苦笑着：「但蒙博士還洋洋自得，以為他做了一件十分好的好事，他還揚言，以後將不會有死亡，那種奇形怪狀的『再造人』，將和我們一起生活在地球上！」

白素有點失神地睜大了眼睛：「我想，那不可能，只不過是他的夢想而已。」

我沒有再說什麼，因為，就算那是蒙博士的夢想，那麼，他的夢想，也已經實行了一部分，因為他已有了十幾個那樣的再造人！

小郭的消息，一直到第二天的中午才來，他在電話中道：「我已查到了，蒙博士也料到我們會去調查搬運公司，所以他吩咐搬運公司不可對人說，但是，我還是一樣查到了！」

「他將一切搬到了什麼地方？」

「一共是七輛大型搬運車，搬到了碼頭，又有三艘躉船，將東西運走，我們還未曾找到那三艘船，是以還沒有法子追查他真正的下落。」

我皺着眉道：「三艘船是無法隱藏的，只要再查下去，一定可以查到的。」

小郭道：「是，我再去查。」

小郭第二次消息，是下午三點鐘來的，他說：「我已查到那三艘船了。」

我急忙道：「怎麼樣？」

小郭道：「據那三艘船的船主說，他們將一切，運到了停泊在海港的一艘中型輪船之旁，上了貨，他們就離開了。」

「那是什麼輪船。」

「困難就在這裏，那輪船國籍不明，據稱，一上了貨之後，立即就駛離了海港，只知道它很殘舊！」

我吸了一口氣：「可能是蒙博士的私人輪船！」

小郭表示同意：「我也那樣想。」

我又道：「即使是私人輪船，也可以從港口的管理處查到它的去向。」

「我查過了，據那艘船的呈報，是駛往所羅門群島的，那是一個很長的航程，而且，也不知道他確切的目的地，究竟在何處？」

我嘆了一聲：「希望蒙博士的實驗，至此為止，那實在太可怕了！」

小郭在電話中靜了片刻，才道：「你究竟看到了什麼，應該講給我聽的。」

我考慮了一下，小郭是我的好朋友，我當然不應該隱瞞他的，是以我又將事情的詳細經過，和小郭講了一遍，我敘述得十分之詳細，連我自己，又忍不住再一次有噁心之感。

當我講完了之後，小郭的苦笑聲，傳了過來：「我真是幸運得很！」

我知道他那樣說的意思，他說他「幸運」，是因為我們兩人，同時扮成了老人，但是我卻被蒙博士找到，他卻沒有那樣可怕的經歷。

我嘆了一聲，小郭道：「這件事，我看就此算了吧，蒙博士已離開了本地，事情的本身，又如此可怕，還是別再追究了。」

我立即回答道：「小郭，你這種話是白說的，你明知那和我的性格不合！」

小郭沒有再說什麼，只是道：「那麼，我再去留意一下那輪船的動向。」

「好的，」我放下了電話。

接下來好幾天，我都心神恍惚，我幾乎每天晚上，都做噩夢，而且我噩夢中出現的，又毫無例外，全是那樣的怪物。

但是一直沒有蒙博士的消息，也沒有老人再神秘失蹤，隨着時間的過去，我的那種恐怖的印象，也慚漸淡薄了，當然我無法忘記，想起來之時，仍然不免有一種寒冷之感。

一直過了大半年，我幾乎將蒙博士這個人忘記了，而那天早上，我打開報紙，卻看到一則新聞：夏威夷出現怪物，目睹者驚至昏厥。

第六部

# 遇到怪物的少婦

那新聞說，夏威夷有兩個少婦，用手推車推着她們的嬰兒，在海邊漫步，忽然看到一個樣子十分可怖的怪物。兩個少婦都嚇昏了過去，她們在醒過來之後，甚至難以形容這怪物的形狀。

我對着這則新聞，發了好一會呆。

蒙博士和他的怪物，是不是在夏威夷呢？至少，有可能！

而我自然要去查根究柢，因為我決不是對任何事情輕易中途放棄的人。

我瞞着白素，開始去辦出門的手續，第二天下午，我對白素撒了一個謊，說是在夏威夷的幾個朋友，有一些要緊的事要我去一次，幾天就回來。

當天晚上，我就到了夏威夷，第二天，我就往那一則新聞記載的地方去。

那裏是一個很幽靜的海灘，有濃密的林木，隱藏在林木中的，則是一幢幢的房子。

一切很平靜，海灘上躺着不少在曬太陽的人，也有人在逐水嬉戲，那則新聞，幾乎並沒有影響人們的享樂，那自然是當地人未曾想到這件事的嚴重性，只想到那可能是這兩個少婦眼花而已。

我在一家沿海的餐室中坐了下來，和在當地報館中服務的一個朋友，通了一個電話，告訴他我在夏威夷，現在在什麼地方，要他立即查一查那兩個發現怪物少婦的住址，我準備去找她們。

報館的那個朋友知道我的為人，也知道我對一些稀奇古怪的事最有興趣，是以他立時在電話中打趣道：「那是什麼怪物，是金星來的，還是火星來的？」

我卻全然沒有心情和他開玩笑，我只是嚴肅地道：「那是地球上的，謝謝你，現在別再問了，快去查那兩個少婦的地址吧！」

那朋友笑：「好，聽你的語氣，好像是世界末日就快到了一樣，你等一等。」

我等了大約十分鐘，才又聽到了他聲音：「她們是鄰居，她們的丈夫也是好朋友，合股開設一家出租遊艇的公司。」

「我要她們的地址。」

「你聽我說下去啊，」我那朋友說：「他們的遊艇公司，叫着占和布朗遊艇公司，招牌是紅底白字，如果你在海灘邊上——」

我忙道：「是的，我看到那招牌了。」

「那你就可以到那公司去，她們輪流一個在家照顧孩子，一個在公司照顧業務。你到公司去，不是見到占太太，就一定見到布朗太太。」

「好，謝謝你！」我放下了電話，立即推開了電話亭，迎着清涼的海風，向前走去，那家遊艇公司，離電話亭只不過十來碼。

我到了遊艇公司的門口，看到一個身形壯碩的少女，穿着短褲，從一張桌子後站起來，笑臉可親，道：「先生，你需要什麼？」

我忙道：「我想見占太太，或布朗太太。」

少婦呆了一呆：「我是布朗太太。」

我作了一番簡單的自我介紹，我假稱是一家通訊社特派來的，派來採訪有關她見到的那個怪物的消息，請她合作。

當我講到她見到的那怪物的時候，她臉上紅潤的神色立時消退，她變得十分驚懼和蒼白。她連看也不向我看一下，就下了逐客令：「對不起，我不想再提這件事了，請你走吧！」

我知道像這一類的美國家庭，他們的收入都不會太豐裕，大多數都期望着一筆額外的收入，所以我並不離開，又道：「布朗太太，如果你能和我合作，詳細描述那怪物的情形，通訊社方面，可以付出一筆相當數目的錢，作為報酬。」

可是布朗太太卻顯然沒有興趣聽我的話，她的臉色更蒼白，同時她高聲叫了起來，道：「布朗！」

一個身形壯碩，高大，至少有二百二十磅的大漢，像旋風一樣地捲到了她的身邊，布朗太太像是要昏了過去，而那大漢將她扶住。

布朗太太指着我：「布朗，請他離開，他在騷擾我，請他離開！」

大漢立時向我瞪眼，向我道：「你聽到我太太的話了麼？你是想自己離去，還是我將你拋出去？」

我盡量使自己的臉上保持着微笑，我道：「我是一點惡意也沒有，我只不過替你們帶來一筆外快而已。」

一聽到了「外快」那個詞，那大漢的眼中，立即閃耀出異樣的光輝來，他立即吹了一下口哨，道：「什麼外快，有多少？」

我道：「大約是七千到一萬元，那要看尊夫人的合作程度而言。」

他的口哨聲更響：「你不是在開玩笑吧，你想要她做什麼？」

我道：「十分簡單，只要她和占太大，能將當日遇到怪物的經過，詳詳細細講出來，並且答覆我的問題，她和占太太就可以最高得到一萬元。」

布朗太太的心情，我十分明白，因為我自己在蒙博士那裏，見到了那樣的怪物之後，我也是一樣不想再提起它們來的。

可是現在，我卻又非做殘酷的事不可，因為我希望得知事情的真相。

我故意嘆了一聲，搖了搖頭：「那真太可惜了，我只好去找另外的題材了，再見！」

我轉身向門外走去，我知道布朗先生一定會阻止我離去的，果然，他立即大叫了起來：「喂，你別走，事情可以商量，是不是？」

我再轉過身來，布朗已握住了她妻子的手：「親愛的，一萬元，你想想，有了一萬元，我們就可以增購兩艘遊艇，而只要一個夏天，那兩艘遊艇，就可以替我們賺來另外兩艘！」

布朗夫人緊閉着眼，一聲不出。布朗先生繼續道：「而你所要做的，只不過是將那天經過的情形講一遍而已，你不是已向警方和記者都講過了一遍麼？什麼也沒有得到，再講上一遍，又怕什麼？」

布朗夫人嘆了一口氣道：「好吧，但是我一個人沒有這勇氣。」

布朗忙道：「我知道，我知道，你們是兩個人一起遇到那怪物的，當然要兩個人一起說，一萬元也由你們兩人平分，買兩艘遊艇，一艘叫莎莉，另一艘，就叫維拉莉絲號！」

布朗神采飛逸，看他的樣子，像是可以靠這一萬元發大財一樣，我也知道，「莎莉」和「維拉莉絲」，一定是布朗太太和占太太的名字。

他又興奮地道：「先生，請到我們的家中來，我們詳細談談。」

我自然歡迎他們講得愈詳細愈好，是以我點頭道：「談好了，我立即可以將支票付給你們。」

布朗拉着他的妻子，走出了店舖，向海灘上一幢幢的屋子走去，二十分鐘之後，在一連兩幢平房之前，停了下來，他叫道：「占太太！」

另一個少婦從窗中探出頭來，布朗連忙走過去，將我的要求告訴她。我看得很清楚，和布朗太太一樣，她的臉上也現出十分吃驚的神色來。

但是布朗卻不斷說服她，她終於勉強點了點頭，於是，我們一起進了屋子，占太大正在照料兩個不足一歲的嬰孩，等我們全坐了下來之後，除嬰孩吮吸手指的聲音之外，沒有別的聲音。

還是由我最先打破沉寂，我道：「事情究竟是怎樣開始的，請告訴我。」

兩位太太一起用手遮住了臉，然後，占太太才道：「我們是不想再提起它了，那天，天氣很好，我和莎莉一起推着嬰兒車在散步——」

占太太講到這裏，略停了一停，深呼吸了一口氣，才又道：「忽然之間，我們聽到灌木叢中，有一種異樣的聲音，傳了出來。」

布朗太太忙道：「是的，那是一種很怪異的聲音，要不然也不會引起我們的注意。」

我問道：「你們可以確切地形容一下那種怪異的聲音像是什麼？」

「像是一個人在呻吟！」兩位太太同時回答。

我的臉色，也不由自主，變得十分難看起來。

占太太又補充道：「那像是一個人在呻吟，好像是有人被綁住了口在發出聲音那樣，當時，我們都向灌木叢中望去，就看到那……怪物……」

她講到這裏，身子竟不由自主，發起抖來！

我忙道：「那怪物怎樣？」

「那怪物，」占太大又喘着氣：「從灌木叢中，走了出來！」

在她講了那句話之後，房間中立時又靜了下來。我在過了片刻之後，問道：「你說『走出來』，那麼，這怪物是一個人，或是獸？」

布朗太太臉上的神情，可以證明她在竭力使自己有勇氣講述那一切，她道：「那……可以說是一個人，但是我們真的很難形容，那像是一個人，但是那……那就像是……就像是……」

在布朗太太說不知如何形容那怪物之際，占太太接了上去：「就像是一個蠟做成的人，但是卻開始溶化了一樣，一切全是變形的，又好像那是隨便用麵粉搓成的人，而麵粉又太稀了！」

占太太的形容，已經十分貼切了！

我雖然未曾看到這怪物，但是我也可以肯定，這兩位太太所看到的怪物，正是我在蒙博士那裏見到過的那第一個怪物，也就是被蒙博士稱之為「成績最好的」那個！

我心中又是恐怖，又是興奮，我忙又問道：「你們當時怎樣呢？」

「我們尖聲叫了起來，那怪物的頭上，有幾個孔，其中的一個，發出怪異之極的聲音，我們聽得像是有一個人在呼喝着，接着我們就昏了過去。」

「你們能形容那呼喝的聲音麼？」

兩位太太互望了一眼，然後搖了搖頭：「不，我們當時實在太驚恐了，是不是真有呼喝聲，還是我們的錯覺，也未能肯定。」

「那麼，救醒你們的是什麼人？」

「是我們的鄰居，一位大學教授的兩位學生，他們經過，見到我們昏過去，將我們救醒的。」

我一聽得「大學教授的兩個學生」，心中便陡地一動，我忙道：「那兩個人救醒了你們之後，他們對那怪物有什麼表示？」

「他們說我們一定是眼花了，但是事實上，我們決無可能同時眼花的，所以我們就向警方投訴，可是警方搜查，卻沒有結果。」

我深深吸了一口氣：「那大學教授，可是又高又瘦，雙眼十分有神，經常穿着黑色衣服的麼？」

兩位先生和兩位太太，都現出十分驚訝的神色來：「原來你是認識傑教授的！」

我只是含糊地應了一聲。事情再明白也沒有了，所謂傑教授，就是蒙博士。

我又問：「那位教授的屋子在哪裏？」

占太太向窗外一指，道：「從這裏去，只不過一百碼，那房子本來就有很高的圍牆，教授來了之後，又將圍牆加高了許多，他一定是一個具怪癖的人，但他為人倒是很和藹的。」

我沉默了半晌，布朗先生已問道：「先生，我們可以得到那一萬元麼？」

我立即道：「可以，但是你們必須對我的訪問，保守秘密，那是怕有同行會和我們競爭的緣故，希望你們能夠和我合作。」

「當然，當然！」布朗先生愉快地說。

我簽了一張一萬元的支票給他們，他們接過了支票之後，那種高興的神情，使人不容易忘懷，連兩位太太也一起笑了起來。

而我也和他們告辭，離開了那幢房子之後，我直向布朗太太所指的方向走去。

不到十分鐘，我就看到了那幢高得異樣的圍牆，那圍牆一眼就可以看出，是分兩次建成的，因為它分成上下兩截，下面那截，大約有八尺高，全是一塊一塊大麻石砌成的，而上面那截，顯然是後來加上去的，也有七八尺，那樣高的圍牆，看來的確十分異樣。

但這裏既然是一個自由發展的國度，自然就算將圍牆加高三十尺，也不會有人來干涉的。

我在看到了圍牆之後，略停了一停，在考慮着應該如何做。

蒙博士就住在圍牆之內的那幢屋子中，那是毫無疑問的事。

不但是蒙博士，而且他的助手，那些儀器，以及那些怪物，也一定是在那幢屋子之中，他在離開之際，訛稱到所羅門群島去，但是實際上，他卻是到夏威夷來了，如果不是那兩位太太遇到了怪物，而且新聞又傳了出來，我自然不容易再找到他。

但是現在，我應該怎樣辦呢？

我是走到門口去求見蒙博士，還是偷偷地從圍牆中爬進去？

我考慮了大約三分鐘，已經有了決定，我要通過在報館任職的那位朋友，和當地警方聯絡，然後，突然間衝進去，將他的所作所為公開！

我也不知道為什麼一定要和蒙博士過不去，因為在理論上來說，蒙博士在做的，的確是一件好事，而不是一種壞事。

他使一些已走到生命盡頭，隨時可能死亡的老人，重新獲得生命！

單從這一句話來看，他所做的，簡直是一件大大的好事！

可是，誰又能想到，當生命再來一次之後，它的外在形式，竟會變得如此可怕！

那或者就是我總不肯放過蒙博士，要使得他的工作停止的原因。我決定了之後，轉身向外走去，我是低着頭在向前疾走的，對於路上發生了一些什麼事，我也根本未曾在意。

突然之間，有一輛車子，在我的身邊，停了下來。

車子停下之際，所發出緊急剎車的聲音，令我直跳了起來，我連忙向車子望去，車中也有人伸出頭來望着我，剎那間，我們兩人都呆住了。

我的驚愕，比車中的人更甚，因為車中的人是在見到我後才停車的。

車中的人是蒙博士！

蒙博士看來瘦了不少，他的臉色，也很蒼白，可見這半年來，他的日子並不怎麼理想。

蒙博士的雙眼，仍然那樣炯炯有神，我決未曾想到我會在那樣的情形之下遇到他的，是以我呆住了，不知該說什麼才好。

蒙博士冷笑起來。

他一面冷笑，一面道：「你果然追來了，你是什麼，一頭超級的獵狗？」

我定了定神：「我想你這次逃不掉了，蒙博士，上次你走得真快，快得就像一頭兔子一樣！」

蒙博士突然笑了起來，但是我自然可以聽得到，他的笑聲十分之苦澀，他道：「好，既然來了，請進來坐坐吧，我有一些意外的消息要給你，是關於那些新生命的，我想你一定有興趣聽。」

一想起那些「新生命」，我的全身，都不由自主，起了一陣戰慄之感來。我後退了一步：「我不想看那些東西，而且，我也要設法使你停止這種把戲！」

「為了什麼？就為了兩個無知婦人的尖叫，你就要我停止那麼偉大的事業。」

「如果你的事業真是那麼偉大，你為什麼不公開進行？」我對他吼叫着：「為什麼你要鬼鬼祟祟，見不得人？為什麼你要在幾小時內，搬得乾乾淨淨？」

在聽得我那樣説之後，蒙博士之神情的變化，來得非常之快。

終於，他那種和我針鋒相對怒意消失了，而變得相當沮喪，他的語氣也和平了許多，他徐徐地道：「你問得好，問得十分對，那也正是我的悲劇，你知道麼？我太先進了，我走到了時代的前面！」

蒙博士的話，將他自己誇張到了近乎神話的地步，但是他的神情，卻表示他的心中，真正在忍受着十二萬分的痛苦。

我沒有出聲，只是望着他。

蒙博士又道：「我遠遠走在時代之前，一百年，甚至二百年，三百年，或者一千年，走在時代之前的人，是最痛苦的，他會被認為是瘋子，是妖怪，甚至有被人活活燒死的例子！」

我仍然不出聲，蒙博士攤開了手：「這就是我的悲劇，而我從來也沒有對任何人說起過，你是我第一個說起的人。」

我苦笑着：「你為什麼要對我說？」

蒙博士搖着頭：「誰知道？或許我認為你最能了解我的心情！」

我的確了解他的心情，雖然我認為他狂妄，然而不可否認的是，蒙博士做的一切，的確是不應該在這個時代發生的事。

或許，在將來，事實正如蒙博士所說，地球上的人種之分，不但有膚色之分，而且有形狀之分——事實上，白種人和黑種人的外形，已經有很大的分別——地球上會有各種各樣形狀的人。

或許到了那時候，人人會見怪不怪，會和一個肉球或是一隻蟑螂也似的「人」，一起生活。但這種事在現在，一提起來，就要被人認為瘋子！

我也不由自主，嘆了一聲。

蒙博士道：「還記得那十九個生命麼？他們又有一些極出人意料的發展，他們的智力，發展得極快，每天呈幾何級數進展。你看到過的那一個，現在的智力，已和一個成年人無異了！」

# 第七部

## 超越時代的悲哀

我吸進了一口氣道：「就是將那兩個少婦嚇得昏了過去的那個？」

「是的，他已能使用文字，但是由於發音系統的不同，他無法講出我們的話來，但是他有他自己的語言！」蒙博士興奮地說。

「他一個人的語言？」

「那有什麼關係？一個人一種語言，和一億人一種語言，有什麼不同，都是人類語言的一種。」

我苦笑了一下：「對不起，請恕我不能理解，因為我是這時代的。」

蒙博士道：「你知道他在嚇昏了那兩個少婦之後，說了什麼？他說他幾乎沒有力量跑回來，因為他看到了一個頭上長着金色的，鬈曲的毛的怪物——那就是那個美麗的金髮少婦。」

我忽然有了一種想笑的感覺，可是，我的喉頭發乾，卻一點也笑不起來。

蒙博士道：「我們看他的樣子怪，他看我們的樣子，也一樣怪，他也幾乎昏了過去！」

我嘆了一聲：「可是，這究竟是我們的世界，對不對？地球是屬於我們這樣的人，而不是屬於他們那樣的人，對不對？」

我連問了蒙博士兩聲「對不對」，蒙博士卻大搖其頭，道：「為什麼？是我們的人數多麼？如果以數量來說，地球上最多的是細菌，地球應該是細菌的世界了？」

蒙博士的話，在我聽來，全是強詞奪理！

然而，我卻又難以去和他辯駁，因為在邏輯上，他總是佔上風。

我又呆了片刻，蒙博士再度發出他的邀請：「你去看看他們，你就會承認他們是人了！」

我心中在急促地轉着念，我要用什麼方法，來制止這種事繼續再發展下去。我現在還想不出辦法來。但是我一定會有辦法的。至少，我現在應該和蒙博士在一起，而不應該和他離開。要不然，他只怕又會失蹤了。

然後，我可以找機會和我的那位朋友聯絡，叫他告知警方人員，一起前來！

所以，在我考慮了一下之後，點頭道：「好的，但是我想，我永不會承認他們是人！」

蒙博士打開了車門，我上了車，坐在他的身邊，他的車子繼續向前駛去，不一會，便已駛進了圍牆。

圍牆內是一個相當大的花園，我發現沿着圍牆，是近二十間石砌的屋子，那些屋子十分矮，不會超過七尺高，當我跨出車子之際，我看到在其中一間屋子中，有一隻怪物，在慢慢爬出來。

那怪物的樣子，像一隻鞋子，可是它足有四尺長，它有許多足，有兩對眼（我猜想那是眼），它的顏色是一種異樣的紫薑色，當它看到蒙博士的時候，它發出一陣如同咀嚼也似的聲音來。

我完全僵住了！

在那剎間，我幾乎一動也不能動，但是我相信，我曾見過那怪物的照片，那怪物現在顯然長大了，但是卻也更可怕了！

博士向那怪物揮着手，發出一連串我聽來毛髮直豎的聲音，那怪物立時迅速地爬了回去，直到消失在石屋中，我才透出一口氣來。

我立時尖叫了起來：「那樣的『人』！」

蒙博士轉過頭來，他神情十分嚴肅，一本正經地問道：「你看那形狀像什麼？」

我喘着氣，道：「那不像什麼，那根本不是什麼！」

蒙博士卻仍然追問：「我本來也不知道那像什麼，但是如果你熟悉生物的進化史，你一定可以看出，那生物和人類的老祖宗的面目是一樣的。」

我張大了口，驚訝得說不出話來。

蒙博士繼續道：「你還想不起來麼？那樣子，和化石上的三葉蟲相比較，簡直是一模一樣的！」

三葉蟲！在寒武紀、志留紀曾經是地球上主要生物的三葉蟲！

不是蒙博士提起，我很難將那怪物和三葉蟲聯想在一起，但是現在，我也決不會懷疑那怪物和三葉蟲有什麼多大的不同。

我張大了口，我那樣子一定像是一個傻瓜，而在刹那間，我幾乎也不能說什麼，我只是道：「啊，三葉蟲，啊，三葉蟲。」

似乎除了那四個字之外，我已喪失了講別的話的能力。

蒙博士道：「是啊，你覺得兩者相像了？這不是太奇妙了麼？一個人，在他的生命中用了某種方法，回到原始狀態之後，再來一次，他的樣子會和以前不同，可是不論怎樣變，還是變不出人類遠祖形狀的範圍。」

我仍然在叫：「啊，三葉蟲。」

我又講了好幾次之後，才問道：「人是由三葉蟲變來的麼？」

蒙博士道：「從現在這種情形看來，那可以肯定，只要我拿出這個例子來，就沒有任何人可以駁得倒我的理論了。」

我道：「那麼……你其餘的人呢？」

「他們一定也像各種人類的遠祖，地球上最早存在的生物，早已進化了，他們甚至不像三葉蟲那樣，留下了大量的化石，所以他們的形狀，根本不為人所知，但是，生物在逐漸演變進化中，一定曾經出現過那幾個形狀。」

我突然叫了起來：「我看到過其中的一個，那……像是阿米巴蟲！」

蒙博士道：「你説得對，他十足是阿米巴蟲，他會隨時改變他身體的形狀，你可想見見他？」

我連忙搖着手，蒙博士又道：「阿米巴是原始生物，當然阿米巴的體積十分小，可是你別忘記，生命再起源時，兩個細胞的結合，也和常人一樣大小！但是他只不過有着阿米巴的外形，他的內臟和腦部，和我們是一樣的，他是一個人！」

我沒有說話，只是苦笑。

我揮着手，我想說什麼，可是我實在說不出什麼來。蒙博士忽然問道：「你養過金魚？」

我總算講出兩個字：「養過。」

「有過繁殖金魚的經驗？」，

「有。」

「你有研究過遺傳因子對金魚的影響？」

「當然沒有，我養金魚只不過為了欣賞牠們的美態！」

「你覺得金魚美麗麼？」蒙博士再問。

這個問題，實在是最沒有意義的了。金魚自然是美麗，不但中國人知道，日本人知道，全世界的人，都知道金魚的美麗。

我瞪着眼，並沒有回答蒙博士的問題。

而蒙博士也不等我回答，就自顧自說了下去：「你一定覺得金魚美麗，但金魚是鯽魚變成的，金魚和鯽魚的差異多麼大？金魚看鯽魚，就像我們看三葉蟲一樣。」

我仍然不出聲，蒙博士的話，多少有一點道理，有幾種品種的金魚，體型上和鯽魚的形狀，相差之大，不可比擬，也使人難以想像。

譬如說，鳳尾翻鰓珠鱗絨球紫虎頭，那是一種極罕見的金魚，它的形狀，和鯽魚簡直完全不同！

蒙博士又道：「如果是有成功繁殖金魚的經驗，那麼你一定知道，不論什麼品種的金魚，魚卵經過孵化之後，一大部分小魚的形態是和鯽魚一樣的！」

我點着頭，因為蒙博士講的是事實。

博士再道：「那就是原始遺傳因子的作用，不論金魚變得多麼厲害，但是牠們的下一代中，總還有一些保持着原來的形態！」

我道：「照你的理論來說，人會生下像三葉蟲一樣的嬰兒？」

「當然不會，人比鯽魚進步得多，但是遺傳因子的作用，十分神秘而不可捉摸，說不定在什麼時候，忽然有了影響，人不會生出像三葉蟲一樣的嬰孩，並不表示遺傳因子不存在，只不過因為某種因素，壓抑了它的作用而已。」蒙博士說得十分簡潔。

我呆了片刻，才道：「那麼，你意思是，當接受了那種注射之後，潛伏在人類體中，幾千萬，幾萬萬年的遺傳因子，忽然又活躍了起來。」

「是的，所以，再發育長成的人，接受了人類最遠祖先的遺傳，他們像三葉蟲，像阿米巴！像我們完全未曾見過的古生物或是像一個本來要用顯微鏡才可以看得見的微生物，變得如此多姿多采！」

我不禁發出一下呻吟聲來，苦笑着重複着蒙博士的話：「多姿多采！」

蒙博士道：「自然是，你不覺得這件事在科學上的價值，無可比擬？」

我忙道：「我一點也看不出。」

「唉，你這個人，」蒙博士搖着頭：「你真看不出？不必多久，世界上最受人注意的模特兒，不是美女，而是幾位三葉蟲女士，我們都知道三葉蟲，但是我們所知的三葉蟲的形狀，是從化石上模擬下來的，而這位女士，卻是真正的三葉蟲，全世界有多少實驗室，多少高等學府要爭着聘請她！」

我發覺我已沒法子再和蒙博士說下去了，我不是說他講的話不對，他講的話很對，那一見令人毛髮直豎的怪物，可能會比任何美女更吃香，但是我卻沒有法子接受他的這種觀念。

我和他一起停在屋子的門口，他請我進去，但是我卻只是站着。

我道：「我要走了。」

蒙博士搖着頭：「你不能走，你一走，我又要搬家了，現在我不想搬家，因為他們都長大了許多。」

我攤着手：「你可以將這一切公開！」

「還不到時候，朋友，」蒙博士說：「哥白尼說地球是圍繞着太陽轉的，他被燒死了，因為他的觀念，超越時代，我也是一樣！」

蒙博士不斷搖着頭，又道：「如果現在我將一切公開，我也一樣會被現在的法律處死，雖然在幾百年之後，這又會被當作是歷史上的反動，但現在我的死，卻絕不會有人同情，正像哥白尼被燒死，甚至是出於社會的壓力一樣的道理。」

我心中嘆了一聲，因為蒙博士若是被法律處死了，我一定拍手稱慶，但照他說來，這樣的事，如果成為歷史，那就會被認為是野蠻了。

我無法知道像蒙博士的預測是不是會成為事實。但是我卻至少知道，他舉的那個例子是對的。現在，我們看哥白尼被燒死，自然是一種野蠻，但是在當時，卻被認作是理所當然的事。

蒙博士突然伸手，按在我的肩頭上，他的聲音，也變得十分誠懇，他道：「所以，衛先生，就算你不能幫助我，也請你不要阻擋我，在現代人的眼光中看來，我是一個怪人，但是歷史的新一頁，總是要留一個人來首先創開的，是不是？」

我嘆了一口氣，在剎那間，我的心中亂得可以。

我絕不是一個沒有決斷力的人，相反，我的決斷力還十分強，但是在如今那樣的情形下，我卻決不知該如何做才好。

我原來的意思，是一定要阻止他再做下去，然後，再將他創造出來的那些怪物毀掉。

但現在，好像蒙博士已說服了我，我該怎麼辦呢？

我呆了好半晌，才道：「那我首先要聽聽你的計劃，你今後的發展計劃怎樣？」

「我自然已停止了對老人的試驗，我在經過了十九次的試驗之後，知道在生命再來一次之時，仍要維持現代人的外型，機會實在太微，而我也沒有法子去抑制突如其來的遺傳因子的影響，因為直到如今為止，遺傳因子根本不能捉摸。」

我略略鬆了一口氣：「那麼，這些怪人……」

蒙博士道：「我將使我的下半生，致力於教育培養這十九個人。」

我苦笑了一下：「你倒說得容易，他們的樣子……你想，你能帶他們出去公開活動麼？他們一露面，就會引起極度的混亂，然後就被殺死。」

蒙博士嘆了一聲：「這就是我最大的難題，所以，這裏也不是我長期居留的地方，我計劃搬到中美洲洪都拉斯的叢林中去，你知道，在原始叢林中，不會有什麼人，他們也就不會被人家發現。」

我呆了半晌，又道：「那又怎樣呢？」

「我可以使他們受教育，使他們繁殖，他們已有十九個，而他們的生長速度十分快，可能他們的生命比我們短促，但是他們的人數一定會漸漸增加，增加到我們要承認他們是人為止！」

我伸手扶住門口，夏威夷的陽光，本來十分柔和，但那時，我卻只覺得陽光刺目得很，我竟然有點目眩頭暈的感覺。

我實在難以想像如果真的照蒙博士的話去做，世界上將來會發生什麼樣的混亂。這種怪得令人一見就要作嘔的人，即使愈來愈多，但他們想要現在的人類承認他們是「人」，只怕也不可能！

如果他們的數字還不夠，那一定輕而易舉被消滅，世界各國的紛爭雖然多，但是在消滅那樣的怪物這一點上，一定可以取得史無前例的各國通力合作！

而如果他們的數字已夠多了，而且也有了武器的話，那麼，這該是地球上大浩劫了，要和那種怪物和平共處，承認他們也是「人」，要經過什麼樣的爭鬥才有可能？

那自然不是我的胡思亂想，世界上任何地方都有排他性，人有思想，所以排他性更是根深柢固，我們不妨看看，直到現在，人類號稱已進入「文明世紀」好多年了，但是多多少少白人，在心中仍然否定黑人的「人」的地位！

連白人和黑人之間，尚且如此，將來在人和那種怪物之間，怎能融洽共處？

我一面想，一面搖着頭。

蒙博士的手一直放在我的肩上，他的聲音也愈來愈誠懇，彷彿有一種催眠的力量，他道：「你一定肯答應我的，是不是？我這個月內就走，從此之後，我不會在文明社會中出現。」

過了半晌，我才問他：「博士，你覺得那樣做值得？」

蒙博士嘆了一口氣：「我非那樣做不可，衛先生，在母親的眼中，每一個孩子都是美麗的，這十九個生命，全是我一手培養出來的！」

我更難以下決定了，蒙博士如果照他所說的那樣去做的話，那麼他的犧牲極大，那甚至於相當於虔誠的宗教信仰者對宗教的犧牲。

因為照他的計劃，他必須和文明社會隔絕，此生此世，就和那些可憐的怪物為伍。

一個人對他自己所做的事，具有那樣的犧牲精神，那麼，不論他所做的事是如何怪誕，總值得他人尊敬，他已決定那樣做了，我怎可以再去破壞他的計劃？

所以，我在呆了半晌之後：「你還有幾個助手，難道他們也和你一樣？」

「是的，他們一共五個人，四男一女，加上我六個，我們都決定了。」

我嘆了一聲：「你們什麼時候離開這裏？」

「一個月之內。」蒙博士回答。

我又望了他一會，才道：「好的，到時候，我來替你送行。」

蒙博士搖着頭：「不必了，我會悄悄地離去，不想驚動任何人。」

我已經轉過身，向外走去，蒙博士也不阻攔我。

當我走出那兩扇鐵門，回頭再去看那高得異樣的圍牆時，我不禁苦笑了起來。

我可以說是個很固執的人，怎麼忽然間，我會改變了原來的主意呢？難道我真認為蒙博士做的事是十分偉大的？

我心中感到一片茫然，不知該如何回答自己心中的這一個問題，因為這個問題，和我的思想，完全格格不入，但我卻又不能不接受這事實。

我一直向前走着，直到來到了海灘邊上，望着碧藍的、一望無際的海洋，我仍然沒有答案。

我不知道在海邊站了多久，在思緒混亂的時候，時間過得特別快，快得莫名其妙，直到我想不應該再那樣呆立下去時，已經是暮色四合了。

我沿着海灘走着，住宿在海邊的一個小旅店中，第二天，幾乎一天沒有出門，第三天，我又不由自主，來到了蒙博士的住所之外。

當我正決定是否應該去見蒙博士的時候，忽然有人在我的身後大叫一聲：「嗨！」

我回過頭來，站在我身後的是布朗先生，他正滿面笑容地望着我，我向前指了一指：「我想到教授的家中去拜訪他。」

布朗現出十分驚訝的神色來，道：「你去拜訪他？他已經搬走了啊！」

我也吃了一驚，我知道蒙博士是會搬走的，但是他說是在一個月內，我不知道他那麼快就會搬走，只不過相隔了一天！

我忙問道：「那是什麼時候的事情？」

「前夜，和昨夜，他們好像習慣在夜晚搬家，吵得人沒法子睡，我和幾個鄰人曾一起去向他們提抗議，但他們之中，似乎沒有人愛說話。」

我道：「你可曾看到什麼怪的東西？」

布朗睜大了眼：「你那樣問，是什麼意思？怪異的東西？指哪一類的東西而言？」

我道：「譬如說——」

可是，我只說了兩個字，便住了口，我攤了攤手：「沒有什麼，算了！」

因為，我發覺即使我再問下去，也是毫無意義的事情，如果布朗曾看到那些怪物的話，他一定不等我問，就會講出來的。

布朗對我，十分好感，他見我不再問下去，便又絮絮不休地告訴我，他已用那一萬美金，訂購了一艘有着透明底的遊艇，在那艘遊艇之上，將可以看到美麗的夏威夷海中的一切生物！

他津津有味地講着，但是我卻一點興趣也沒有，只是隨口敷衍了幾句，就和他告別了。

我並沒有在夏威夷再住下去，當天下午，就啟程回家，然後，我足足睡了十五小時，才和白素將我在夏威夷的遭遇，講了一遍。

當天晚上，我和白素去聽一個民歌獨唱會，當聽眾高叫「再來一次」之際，我忽然有了一種異樣的毛髮直豎之感！

當然，像許多故事一樣：從此之後，再也沒有人見到過蒙博士和他的助手，以及那些形狀可怖的「人」，至少，到目前為止，沒有人知道他們怎麼樣了。

（全文完）

衛斯理小說典藏版 56

# 蠱惑

作　　者：　衛斯理（倪匡）
責任編輯：　黎倩雲　楊紫翠
封面設計：　李錦興
出　　版：　明窗出版社
發　　行：　明報出版社有限公司
　　　　　　香港柴灣嘉業街18號
　　　　　　明報工業中心A座15樓
電　　話：　2595 3215
傳　　真：　2898 2646
網　　址：　https://books.mingpao.com/
電子郵箱：　mpp@mingpao.com
版　　次：　二〇二二年八月初版
I S B N：　978-988-8828-02-9
承　　印：　美雅印刷製本有限公司